大作家牵手小读者

原上少年

陈忠实 著

陕西新华出版传媒集团

未来出版社

图书在版编目（CIP）数据

原上少年／陈忠实著. —西安：未来出版社，
2017.8

ISBN 978 - 7 - 5417 - 6493 - 6

Ⅰ. ①原… Ⅱ. ①陈… Ⅲ. ①散文集 - 中国 - 当代
Ⅳ. ①I267

中国版本图书馆 CIP 数据核字（2017）第 157911 号

原上少年 大作家牵手小读者
YUANSHANG SHAONIAN　DAZUOJIA QIANSHOU XIAODUZHE

责任编辑	孟讲儒
封面设计	许　歌
技术监制	宋宏伟
出版发行	陕西新华出版传媒集团　未来出版社
	地址：西安市丰庆路 91 号　邮编：710082
经　销	全国新华书店
印　刷	西安市建明工贸有限责任公司
开　本	880mm×1230mm　　1/32
印　张	8
字　数	150 千字
版　次	2017 年 8 月第 1 版
印　次	2017 年 8 月第 1 次印刷
书　号	ISBN 978 - 7 - 5417 - 6493 - 6
定　价	25.00 元

代序

六十岁说

四十五年前读初中二年级时，我在作文课上写下平生的第一篇短篇小说。这篇大约三千字的小说习作是第一次文学创作，不再属于此前作文的意义。我对文学创作的兴趣由此萌发。这种兴趣持续了四十五年，至今依旧新鲜而恭敬。即使"文化大革命"扫荡一切作品和作家的时候，这种兴趣仍然没有转移或消亡，而转变为一种隐蔽性的阅读。我说过我的人生的有幸和不幸，正是从在作文本上写作第一篇小说起始的，正是这一次完全出于兴趣的写作，奠定了文学在我人生历程中的主题词。

近年来，多种媒体和多路记者几乎无一不问及我的人生感悟和文学创作的感悟。我也几乎无一例外地首先向他们解释，我不大使用感悟、悟道一类词，我喜欢启示。即人生历程中得到的启示，文学创作中思想和艺术的启示。正是这些

启示,提升着我对历史和现实的思想穿透能力,也提升着我对文学和艺术本真的体验,完成一次又一次创造理想。在这个漫长的艺术探索过程和人生历程中,有两次自我把握和两次反省成为关键性的选择和转折。

一次把握是在一九七八年之初,当中国文学复兴的春潮涌动的时候,我正在灞河水利工地任副总指挥。我在完成了家乡的这个工程之后离开了,调入文化馆。我那时候对我的把握是,文学创作可以当作事业来干的时代终于出现了。第二次把握是一九八二年。这一年我从业余写作进入专业写作。我曾在一篇文章中写到过当时的直接的唯一的感觉,即进入我的人生最佳生存状态。我几乎在得到专业创作条件的同时,决定回归老家,一是静下心来回嚼二十年的乡村工作和生活,进入写作;二是基于对自己知识的残缺性的估计,需要广泛读书需要充实更需要不断更新,这都需要一个可以避免纷扰的安静环境来实现。我选择了老家农村。直到《白鹿原》完成,正好十年。这两次把握,一次是人生轨道的转换,一次纯粹属于自身生存环境的选择。

两次反省。一次是一九七八年秋天。当新时期文学如雨后春笋般从解冻的文坛发生时,我很鼓舞也很冷静。冷静是出于对自身具体情况的判断。我以为排除"文革"中那些"极左"思想不难,而要荡涤自有阅读能力以来所接受的"极左"的非文学的观念不易。我选择了读书,借来了一些世界经典作家的经典作品,以真正的文学来摒弃思维和意识中的非文学观念,目的仅仅只有一点,进入文学的本真。这次反省大约持续四个月,到一九七九年春天,我获得了文学创造和艺术表现的强烈欲望。我把文学当作事业来干的行程开始了。

第二次反省发生在上世纪八十年代中后期,即《白鹿原》写作的准备阶段。我那个时候的思维是最活跃的一段。尤其是文学创作理论中的人物心理结构学说,引发了我对自己以往创作的颠覆。自我的不满意以至自我否定,同时就孕育着膨胀着一种新的艺术创造理想。这种痛苦的反省完全是自发的,发生在《白鹿原》的准备和后来的整个写作过程中,这对我来说是一个关键。

多年以后的今天回过头来看,在人生的两个重要阶段上,我把握了自己,主要是以自身的实际做出的选择。在艺术追求的漫长历程中,在两个重要的创作阶段上,进行两次反省,对我不断进入文学本真是关键性的。如果说创作有两次重要突破,首先都是以反省获得的。可以说,我的创作进步的实现,都是从关键阶段的几近残酷的自我否定自我反省中获得了力量。我后来把这个过程称作心灵和艺术体验剥离。没有秘密,也没有神话,创造的理想和创造的力量,都是经过自我反省获取的,完成的。

仅仅在半月之前的一个上午,我完成一篇五千字的散文,在原下老家一个人兴奋不已。仅仅在十天前一个晚上,读完畅广元教授的一本文化文学批评专著,进入一种最欣慰

的愉悦。四天前的那个下午,我写完一篇万余字的短篇小说,竟然兴奋不已。两天前的晚上,在杨凌参加杨凌文联成立的会场里,见到残疾人作家贺绪林,听说他的一部三十万字的长篇即将由人民文学出版社出版,我感动而又感奋,同样愉悦。这样,我几十年来不断重复验证自己,文学创作才是我生存的最佳气场。

直到我走进朋友们营造的这个隆重而又温馨的场合,我依然不能切实理解六十这个年龄的特殊含义,然而六十岁毕竟是人生的一个最重要的年龄区段。按照我们传统文化和传统习俗的意思,是耳顺,是感悟,是悟道,是忆旧的年龄。这也许是前人归纳的生命本身的规律性特征。我不可能违抗生命规律。但我现在最明确的一点是,力戒这些传统和习俗中可能导致平庸乃至消极的东西。我比任何年龄区段上更强烈更清醒的意识是,对新的知识的追问,对正在发生着的生活运动的关注。这既是作为一个作家的生命意义所在,也是我这个具体作家最容易触发心灵中的那根敏感神经的颤动。

我唯一恳求上帝的,给我一个清醒的大脑。而今天所有前来聚会的朋友和我的亲人,就是怀着上帝的意愿来和我握手的。

(本书编辑于陈忠实先生去世之前,后因先生重病无法完成序言。今选先生《六十岁说》一文以为代序,作为对先生的纪念!)

原上少年

目录

第三辑　路上的风景

艺术创造是为了沟通，一部作品一旦完成了这个广泛的沟通，创造的全部目的就算实现，再无需多说一句。

陈朱家

原上少年

◆

第一辑

最初的崇拜

第一次投稿

背着一周的粗粮馍馍，我从乡下跑到几十里远的城里去念书，一日三餐，都是开水泡馍，不见油星儿，顶奢侈的时候是买一点杂拌咸菜；穿衣自然更无从讲究了，从夏到冬，单棉衣裤以及鞋袜，全部出自母亲的双手，唯有冬来防寒的一顶单帽，是出自现代化纺织机械的棉布制品。在乡村读小学的时候，似乎于此并没有什么不大良好的感觉；现在面对穿着艳丽、别致的城市学生，我无法不"顾影自卑"。说实话，由此引起的心理压抑，甚至比难以下咽的粗粮以及单薄的棉衣遮御不住的寒冷更使我难以忍受。

在这种处处使人感到困窘的生活里，我却喜欢文学了；而喜欢文学，在一般同学的眼里，往往是被看做极浪漫的人的极富浪漫色彩的事。

新来了一位语文老师，姓车，刚刚从师范学院毕业。

第一次作文课，他让学生们自拟题目，想写什么就写什么。这是我以前所未遇过的新鲜事。我喜欢文学，却讨厌作文。诸如《我的家庭》、《寒假（或暑假）里有意义的一件事》这些题目，从小学作到中学，我是越作越烦了，越作越找不出"有意义的一天"了。新来的车老师让我们想写什么就写什么，我有兴趣了，来劲了，就把过去写在小本上的两首诗翻出来，修改一番，抄到作文本上。我第一次感到了作文的兴趣而不再是活受罪。

我萌生了企盼，企盼尽快发回作文本来，我自以为那两首诗是杰出的，会震一下的。我的作文从来没有受过老师的表彰，更没有被当做范文在全班宣读的机会。我企盼有这样的一次机会，而且正朝我走来了。

车老师抱着厚厚一摞作文本走上讲台，我的心无端地慌跳起来。然而四十五分钟过去，要宣读的范文宣读了，甚至连某个同学作文里一两句生动的句子也被摘引出来表扬了，那些令人发笑的错句病句以及因为一个错别字而致使语句含义全变的笑料也被点出来，终究没有提及我的那两首诗，我的心里寂寒起来。离下课只剩下几分钟时，作文本发到我的手中。我迫不及待地翻看了车老师用红墨水写下的评语，倒有不少好话，而末尾却悬下一句："以后要自己独立写作。"

我愈想愈觉得不是味儿，愈觉不是味儿愈不能忍受。况且，车老师给我的作文没有打分！我觉得受了屈辱。我拒绝了同桌以及其他同学伸手要交换作文的要求。好容易挨到下课，我拿着作文本赶到车老师的房门口，喊了一声："报告——"

获准进屋后，我看见车老师正在木架上的脸盆里洗手。他偏过头问："什么事？"

我扬起作文本："我想问问，你给我的评语是什么意思？"

车老师扔下毛巾，坐在椅子上，点燃一支烟，说："那意思很明白。"

我把作文本摊开在桌子上，指着评语末尾的那句话："这'要自己独立写作'我不明白，请你解释一下。"

"那意思很明白，就是要自己独立写作。"

"那……这诗不是我写的？是抄别人的？"

"我没有这样说。"

"可你的评语这样子写了！"

他冷峻地瞅着我。冷峻的眼里有自以为是的得意，也有对我的轻蔑的嘲弄，更混含着被冒犯了的愠怒。他喷出一口烟，终于下定决心说："也可以这么看。"

我急了："凭什么说我抄别人的？"

他冷静地说:"不需要凭证。"

我气得说不出话……

他悠悠抽烟:"我不要凭证就可以这样说。你不可能写出这样的诗歌……"

于是,我突然想到我的粗布衣裤的丑笨,想到我和那些上不起伙的乡村学生围蹲在开水龙头旁边时的窝囊,就凭这些瞧不起我吗?就凭这些判断我不能写出两首诗来吗?我失控了,一把从作文本上撕下那两首诗,再撕下他用红色墨水写下的评语。在要朝他摔出去的一刹那,我看见一双震怒得可怕的眼睛。我的心猛烈一颤,就把那些纸用双手一揉,塞到衣袋里去了,然后一转身,不辞而别。

我躺在集体宿舍的床板上,属于我的那一绺床板是光的,没有褥子也没有床单,唯一不可或缺的是头下枕着的这一卷被子,晚上,我是铺一半再盖一半。我已经做好了接受开除的思想准备。这样受罪的念书生活还要再加上屈辱,我已不再留恋。

晚自习开始了,我摊开了书本和作业本,却做不出一道习题来,捏着笔,盯着桌面,我不知做这些习题还有什么用。由于这件事,期末我的操行等级降到了"乙"。

打这以后,车老师的语文课上,我对于他的提问从不举手,他也不点我的名要我回答问题,校园里或校外碰见时，我就远远地避开。

又一次作文课，又一次自选作文。我写下一篇小说，名曰《桃园风波》，竟有三四千字，这是我平生写下的第一篇小说，取材于我们村子里果园入社时发生的一些事。随之又是作文评讲，车老师仍然没有提到我的作文，于好于劣都不曾提及，我心里的底火又死灰复燃。作文本发下来，揭到末尾的评语栏，连篇的好话竟然写下两页作文纸，最后的得分栏里，有一个神采飞扬的"5"字，在"5"字的右上方，又加了一个"＋"号，这就是说，比满分还要满了！

既然有如此好的评语和"5＋"的高分，为什么评讲时不提我一句呢？他大约意识到小视"乡下人"的难堪了，我猜想，心里也就膨胀了愉悦和报复，这下该有凭证证明前头那场说不清的冤案了吧？

僵局继续着。

入冬后的第一场大雪是夜间降落的，校园里一片白。早操临时取消，改为扫雪，我们班清扫西边的篮球场，雪下竟是干燥的沙土。我正扫着，有人拍我的肩膀，一扬头，是车老师。他笑着。在我看来，他笑得很不自然。他说："跟我到语文教研室去一下。"我心里疑虑重重，又有什么麻烦了？

走出篮球场，车老师的一只胳膊搭到我肩上了，我的心猛地一震，慌得手足无措了。那只胳膊从我的右肩绕过脖颈，就搂住我的左肩。这样一个超级亲昵友好的举动，顿然冰释了我心头的疑虑，却更使我局促不安。

走进教研室的门，里面坐着两位老师，一男一女。车老师说："'二两壶'、'钱串子'来了。"两位老师看看我，哈哈笑了。我不知所以，脸上发烧。"二两壶"和"钱串子"是最近一次作文里我的又一篇小说的两个人物的绰号。我当时顶崇拜赵树理，他的小说的人物都有外号，极有趣，我总是记不住人物的名字而能记住外号。我也给我的人物用上外号了。

车老师从他的抽屉里取出我的作文本，告诉我，市里要搞中学生作文比赛，每个中学要选送两篇。本校已评选出两篇来，一篇是议论文，初三一位同学写的，另一篇就是我的作文《堤》了。

啊！真是大喜过望，我不知该说什么了。

"我已经把错别字改正了，有些句子也修改了。"车老师说，"你看看，修改得合适不合适？"说着又搂住我的肩头，搂得离他更近了，指着被他修改过的字句——征询我的意见。我连忙点头，说修改得都很合适。其实，我连一句也没听清楚。

他说："你如果同意我的修改，就把它另外抄写一遍，周六以前交给我。"

我点点头，准备走了。

他又说："我想把这篇作品投给《延河》。你知道吗，《延河》杂志？我看你的字儿不太硬气，学习也忙，就由我来抄写投寄。"

我那时还不知道投稿，第一次听说了《延河》。多年以后，当我走进《延河》编辑部的大门深宅以及在《延河》上发表作品的时候，我都情不自禁地想到过车老师曾为我抄写投寄的第一篇稿。

这天傍晚，住宿的同学有的活跃在操场上，有的遛大街去了，教室里只有三五个死贪学习的女生。我破例坐在书桌前，摊开了作文本和车老师送给我的一扎稿纸，心里怎么也稳定不下来。我感到愧悔，想哭，却又说不清是什么情绪。

第二天的语文课，车老师的课前提问一提出，我就举起了左手，为了我的可憎的狭隘而举起了忏悔的手，向车老师投诚……他一眼就看见了，欣喜地指定我回答。我站起来后，却说不出话来，喉头哽塞了棉花似的。自动举手而又回答不出来，后排的同学哄笑起来。我窘急中又涌出眼泪来……

我上到初三时，转学了，暑假办理转学手续时，车老师探家尚未回校。后来，当我再探问车老师的所在时，只说早调回甘肃了。当我第一次在报刊上发表处女作的时候，我想到了车老师，应该寄一份报纸去，去慰藉被我冒犯过的那颗美好的心！当我的第一本小说集出版时，我在开着给朋友们赠书的名单时又想到车老师，终不得音讯，这债就依然拖欠着。

　　经过多少年的动乱，我的车老师不知尚在人间否？我却忘不了那淳厚的陇东口音……

晶莹的泪珠

我手里捏着一张休学申请书朝教务处走着。

我要求休学一年。我写了一张要求休学的申请书。我在把书面申请交给班主任的同时，又口头申述了休学的因由，发觉口头申述因为穷而休学的理由比书面申述更加难堪。好在班主任对我口头和书面申述的同一因由表示理解，没有经历太多的询问便在申请书下边空白的地方签写了"同意该生休学一年"的意见，自然也签上了他的名字和时间。他随之让我等一等，就拿着我写的申请书出门去了，回来时那申请书上就增加了校长的一行签字，比班主任的字签得少自然也更简洁，只有"同意"二字，连姓名也简洁到只有一个姓，名字略去了。班主任对我说："你现在到教务处去办手续，开一张休学证书。"

我敲响了教务处的门板。获准以后便推开了门，一位年轻的女先生正伏在米黄色的办公桌上，手里捉着长杆蘸水笔在一厚本表册上填写着什么，并不抬头。我知道开学报名时教务处最忙，忙就忙在许多要填写的各式表格上。我走到她的办公桌前鞠了一躬："老师，给我开一张休学证书。"然后就把那张签着班主任和校长姓名和他们意见的申请递放到桌子上。

她抬起头来，诧异地瞅了我一眼，拎起我的申请书来看着，长杆蘸水笔还夹在指缝之间。她很快看完了，又专注地把目光留滞在纸页下端班主任签写的一行意见和校长更为简洁的意见上面，似乎两个人连姓名在内的十来个字的意见批示，看去比我大半页的申请书还要费时更多。她终于抬起头来问：

"就是你写的这些理由吗？"

"就是的。"

"不休学不行吗？"

"不行。"

"亲戚全都帮不上忙吗？"

"亲戚……也都穷。"

"可是……你休学一年，家里的经济状况也不见得能改变，一年后你怎么能保证复学呢？"

于是我就信心十足地告诉她我父亲的精确安排计划：

待到明年我哥哥初中毕业，父亲谋划着让他投考师范学校，师范生的学杂费和伙食费全由国家供给，据说还发三块钱零花钱。那时候我就可以复学接着念初中了。我拿父亲的话给她解释，企图消除她对我能否复学的疑虑："我伯伯说来，他只能供得住一个中学生；俺兄弟俩同时念中学，他供不住。"

我没有做更多的解释。我的爱面子的弱点早在此前已经形成。我不想再向任何人重复叙述我们家庭的困窘。父亲是个纯粹的农民，供着两个同时在中学念书的儿子。哥哥在距家四十多里远的县城中学，我在离家五十多里的西安一所新建的中学就读。在家里，我和哥哥可以合盖一条被子，破点旧点也关系不大。先是哥哥接着是我要离家到县城和省城的寄宿学校去念中学，每人就得有一套被褥行头，学费杂费伙食费和种种花销都空前增加了。实际上轮到我考上初中时已不再是考中秀才般的荣耀和喜庆，反而变成了一团浓厚的愁云忧雾笼罩在家室屋院的上空。我的行装已不能像哥哥那样有一套新被子新褥子和新床单，被简化到只能有一条旧被子卷成小卷儿背进城市里的学校。我的那一绺床板终日裸露着缝隙宽大的木质板面，晚上就把被子铺一半再盖上一半。我也不能像哥哥那样由父亲把一整袋面粉送交给学生灶，而只能是每周六回家来背一袋杂面馍馍到学校去，因为学校灶上的管理制度规定一律交麦子面，而我们家总是短缺麦子而包谷面还算宽裕。这样的生活我并未意识到有什么不好。因为背馍上学的学生远远超过能搭得起灶的学生人数，每到三顿饭时，背馍的学生便在开水灶的一排供水龙头前排起五六列长队，把掰碎的各色馍块装进各自的大号搪瓷缸子里，用开水浸泡后，便三人一堆五人一伙围在乒乓球台的周围进餐，佐菜大都是花钱买的竹篓成菜或家制的腌辣椒，说笑和争论的声浪甚至压制了那些从灶房领取炒菜和热饭的"贵族阶层"。

　　这样的念书生活终于难以为继。父亲供给两个中学生的经济支柱，一是卖粮，一是卖树，而我印象最深的还是卖树。父亲自青年时就喜欢栽树，我们家四五块滩地地头的灌渠渠沿上，是纯一色的生长最快的小叶杨树，稠密到不足一步就是一棵，粗的可作檩条，细的能当椽子。父亲卖树早已打破了先大后小先粗后细的普通法则，一切都是随买家的需要而定，需要檩条就任其选择粗的，需要椽子就让他们砍伐细的。所得的票子全都经由哥哥和我的手交给了学校，或是换来书籍课本和作业本以及哥哥的菜票我的开水费。树卖掉后，父亲便迫不及待地刨挖树根，指头粗细的毛根也不轻易舍弃，把树根劈成小块晒干，然后装到两只大竹条笼里挑起来去赶集，卖给集镇上那些饭馆药铺或供销社单位。一百斤劈柴的最高时价为一元五角，得来的块把钱也都经由上述的相同渠道花掉了。直到滩地上的小叶杨树在短短的三四年间全部砍伐一空，地下的树根也掏挖干净，渠岸上留下一排新插的白杨枝条或手腕粗细的小树……

我上完初一第一学期，寒假回到家中便预感到要发生重要变故了。新年佳节弥漫在整个村巷里的喜庆气氛与我父亲眉宇间的那种根深蒂固的忧虑形成强烈的反差，直到大年初一刚刚过去的当天晚上，父亲便说出来谋划已久的决策："你得休一年学，一年。"他强调了一年这个时限。我没有感到太大的惊讶。在整个一个学期里，我渴盼星期六回家又惧怕星期六回家。我那年刚刚十三岁，从未出过远门，而一旦出门便是五十多里远的陌生的城市，只有星期六才能回家一趟去背馍，且不要说一周里一天三顿开水泡馍所造成的对一碗面条的迫切渴望了。然而每个周六在吃罢一碗香喷喷的面条后便进入感情危机，我必须说出明天返校时要拿的钱数儿，一元班会费或五毛集体买理发工具的款项。我知道一根丈五长的椽子只能卖到一元五角钱，一丈长的椽子只有八角到一块的浮动区。我往往在提出要钱数目之前就折合出来这回要扛走父亲一根或两根椽子，或者是多少斤树根劈柴。我必须在周六晚上提前提出钱数，以便父亲可以从容地去借款。每当这时我就看见父亲顿时阴沉下来的脸色和眼神，同时，夹杂着短促的叹息。我便低了头或扭开脸不看父亲的脸。母亲的脸色同样忧愁，我似乎可以看；而父亲的眼睑一旦成了那种样子，我就不忍对看或者不敢对看。父亲生就的是一脸的豪壮气色，高眉骨大眼睛，统直的高鼻梁和鼻翼两边很有力度的两道弯沟，忧愁蒙结在这样一张脸上似乎就不堪一睹……我曾经不止一次地产生过这样的念头：为什么一定要念中学呢？村子里不是有许多同龄伙伴没有考取初中仍然高高兴兴地给牛割草给灶里拾柴吗？我为什么要给父亲那张脸上周期性地制造忧愁呢……父亲接着就讲述了他的让哥哥一年后投考师范的谋略，然后就可以供我复学念初中了。他怕影响一家人过年的兴头儿，所以压在心里直到过了初一才说出来。我说："休学？"父亲安慰我说："休学一年不要紧，你年龄小。"我也不以为休学一年有多么严重，因为同班的五十多名男女同学中有不少人都结过婚，既有孩子的爸爸，也有做了妈妈的，这在五十年代初并不奇怪，解放后才获得上学机会的乡村青年不限年龄。我是班里年龄最小个头最矮的一个，坐位排在头一张课桌上。我轻松地说："过一年个子长高了，我就不坐头排头一张桌子咧——上课扭得人脖子疼……"父亲依然无奈地说：

"钱的来路断咧！树卖完了——"

她放下夹在指缝间的木制长杆蘸水笔，合上一本很厚很长的登记簿，站起来说："你等等，我就来。"我就坐在一张椅子上等待，总是止不住她出去干什么的猜想。过了一阵儿她回来了，情绪有些亢奋也有点激动，一坐到她的椅子上就说："我去找校长了……"我明白了她的去处，似乎验证了我刚才的几种猜想中的一种，心里也怦然动了一下。她没有谈她找校长说了什么，也没有说校长给她说了什么。她现在双手扶在桌沿上低垂着眼，久久不说一句话。她轻轻舒了一口气，扬起头来时我就发现，亢奋的情绪已经隐退，温柔妩媚的气色渐渐回归到眼角和眉宇里来了，似乎有一缕淡淡的无能为力的无奈。

她又轻轻舒了口气，拉开抽屉取出一本公文本在桌子上翻开，从笔筒里抽出那支木杆蘸水笔，在墨水瓶里蘸上墨水后又停下手，问："你家里就再想不下办法了？"我看着那双滋浮着忧郁气色的眼睛，忽然联想到姐姐的眼神。这种眼神足以使任何被痛苦折磨着的心平静下来，足以使任何被痛苦折磨得心力憔悴的灵魂得到抚慰，足以使人沉静地忍受痛苦和劫难而不至于沉沦。我突然意识到因为我的休学致使她心情不好这个最简单的推理，而在校长班主任和她中间，她恰好是最不应该产生这种心情的。她是教务处的一位年轻职员，平时就是在教务处做些抄抄写写的事，在黑板上写一些诸如打扫卫生的通知之类的事，我和她几乎没有说过话，甚至至今也记不住她的姓名。我便说："老师，没关系。休学一年没啥关系，我年龄小。"她说："白白耽搁一年多可惜！"随之又换了一种口吻说，"我知道你的名字也认得你。每个班前三名的学生我都认识。"我的心情突然灰暗起来而没有再开口。

她终于落笔填写了公文函，取出公章在下方盖了，又在切割线上盖上一枚合缝印章，吱吱吱撕下，并不交给我，放在桌子上，然后把我的休学申请书抹上浆糊后贴在公文存根上。她做完这一切才重新拿起休学证书交给我说："装好。明年复学时拿着来找我。"我把那张硬质纸印制的休学证书折叠了两番装进口袋。她从桌子那边绕过来，又从我的口袋里掏出来塞进我的书包里，说："明年这阵儿你一定要来复学。"

我向她深深地鞠了躬就走出门去。我听到背后咣当一声闭门的声音，同时也听到一声"等等"。她拢了拢齐肩的整齐的头发朝我走来，和我并排在廊檐下的台阶上走着，两只手插在外套的口袋里。走过一个又一个窗户，走过一个又一个教室的前门和后门，校园里和教室里出出进进着男女同学，有的忙着去注册去交费，有的已经抱着一摞摞新课本新作业本走进教室，还有从校门口刚刚进来的背着被卷馍袋的迟来者。我忽然心情很不好受，在争取得到了休学证后心劲松了吧？我很不愿意看见同班同学的熟悉的脸孔，便低了头匆匆走起来，凭感觉可以知道她也加快了脚步，几乎和我同时走出学校大门。

学校门口又涌来一拨偏远地区的学生，熟悉的同学便连连问我："你来得早！报过名了吧？"我含糊地笑笑就走过去了，想尽快远离正在迎接新学期的洋溢着欢跃气浪的学校大门。她又喊了一声"等等"。我停住脚步。她走过来拍了拍我的书包："甭把休学证弄丢了。"我点点头。她这时才有一句安慰我的话："我同意你的打算，休学一年不要紧，你年龄小。"

我抬头看她，猛然看见那双眼睫毛很长的眼眶里溢出泪水来，像雨雾中正在涨溢的湖水，泪珠在眼里打着旋儿，晶莹透亮。我瞬即垂下头避开目光。要是再在她的眼睛里多驻留一秒，我肯定就会嚎啕大哭。我低着头咬着嘴唇，脚下盲目地拨弄着一颗碎瓦片来抑制情绪，感觉到有一股热辣辣的酸流从鼻腔倒灌进喉咙里去。我后来的整个生命历程中发生过多次这种酸水倒流的事，而倒流的渠道却是从十四岁刚来到的这个生命年轮上第一次疏通的。第一次疏通的倒流的酸水的渠道肯定狭窄，承受不下那么多的酸

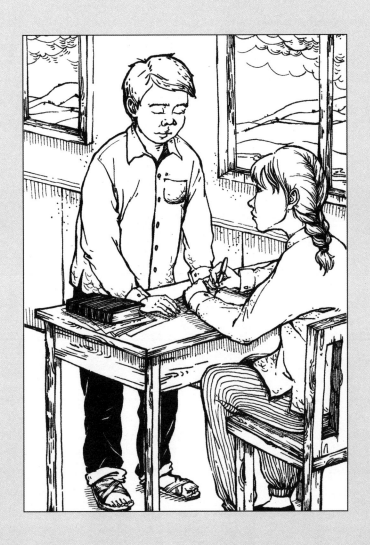

水，因而还是有一小股从眼睛里冒出来，模糊了双眼，顺手就用袖头揩掉了。我终于扬起头鼓起劲儿说："老师……我走咧……"

她的手轻轻搭上我的肩头："记住，明年的今天来报到复学。"

我看见两滴晶莹的泪珠从眼睫毛上滑落下来，掉在脸鼻之间的谷地上，缓缓流过一段就在鼻翼两边挂住。我再一次虔诚地深深鞠躬，然后就转过身走掉了。

二十五年后，卖树卖树根（劈柴）供我念书的父亲在癌病弥留之际，对坐在他身边的我说："我有一件事对不住你……"

我惊讶得不知所措。

"我不该让你休那一年学！"

我浑身颤栗，久久无言。我像被一吨烈性梯恩梯炸成碎块细沫儿飞向天空，又似乎跌入千年冰窖而冻僵四肢冻僵躯体也冻僵了心脏。在我高中毕业名落孙山回到乡村的无边无际的彷徨苦闷中时，我曾经猴急似的怨天尤人："全都倒霉在休那一年学……"我一九六二年毕业恰逢中国经济最困难的年月，高校招生任务大大缩小，我们班里剃了光头，四个班也仅仅只考取了一个个位数，而在上一年的毕业生里我们这所不属重点的学校也有百分之五十的学生考取了大学。我如果不是休学一年当是一九六一年毕业……父亲说："错过一年……让你错过了二十年……而今你还算熬出点名堂了……"

我感觉到炸飞的碎块细沫儿又归结成了原来的我，冻僵的四肢自如了冻僵的躯体灵便了冻僵的心又镗镗镗跳起来的时候，猛然想起休学出门时那位女老师溢满眼眶又流挂在鼻翼上的晶莹的泪珠儿。我对已经跨进黄泉路上半步的依然向我忏悔的父亲讲了那一串的泪珠的经历，我称呼伯伯的父亲便安然合上了眼睛，喃喃地说："可你……怎么……不早点给我……说这女先生哩……"

我今天终于把几近四十年前的这一段经历写出来的时候，对自己算是一种虔诚祈祷，当各种欲望膨胀成一股强大的浊流冲击所有大门窗户和每一个心扉的当今，我便企望自己如女老师那种泪珠的泪泉不致堵塞更不敢枯竭，那是滋养生命灵魂的泉源，也是滋润民族精神的泉源哦……

家 之 脉

女儿和女婿在墙壁上贴着几张识字图画，不满三岁的小外孙按图索文，给我表演：白菜.、茄子、汽车、火车、解放军、农民……

一九五〇年春节过后的一天晚上，在那盏祖传的清油灯下，父亲把一支毛笔和一沓黄色仿纸交到我手里：你明日早起去上学。我拔掉竹筒笔帽儿，是一撮黑里透黄的动物毛做成的笔头。父亲又说：你跟你哥合用一只砚台。

我的三个孩子的上学日，是我们家的庆典日。在我看来，孩子走进学校的第一步，认识的第一个字，用铅笔写成的汉字第一画，才是孩子生命中光明的开启。他们从这一刻开始告别黑暗，走向智慧人类的途程。

我们家木楼上有一只破旧的大木箱，乱扔着一堆书。我看着那些发黄的纸页和一行行栗子大的字问父亲，是你读过的书吗？父亲说是他读过的，随之加重语气解释说，那是你爷爷用毛笔抄写的。我大为惊讶，原以为是石印的，毛笔字怎么会写到和我的课本上的字一样规矩呢？父亲说，你爷爷是先生，当先生先得写好字，字是人的门脸。在我之前已谢世的爷爷会写一手好字，我最初的崇拜产生了。

父亲的毛笔字显然比不得爷爷，然而父亲会写字。大年三十的后晌，村人夹着一卷红纸走进院来，父亲磨墨、裁纸，为乡亲写好一副副新春对联，摊在明厅里的地上晾干。我瞅着那些大字不识一个的村人围观父亲舞笔弄墨的情景，隐隐看到了一种难以言说的自豪。

多年以后，我从城市躲回祖居的老屋，在准备和写作《白鹿原》的六年时间里，每到春节的前一天后晌，为村人继续写迎春对联。每当造房上大梁或办婚丧大事，村人就来找我写对联。这当儿我就想起父亲写春联的情景，也想到爷爷手抄给父亲的那一厚册课本。

我的儿女都读过大学，学历比我高了，更比我的父亲和爷爷高了（他们都没有任何文凭，我仅只有高中毕业）。然而儿女唯一不及父辈和爷辈的便是写字，他们一律提不起毛笔来。村人们再不会夹着红纸走进我家屋院了。

礼拜五晚上一场大雪，足足下了一尺厚。第二天上课心里都在发慌，怎么回家去背馍呢？五十余里路程，步行，我十三岁。最后一节课上完，我走出教室门时就愣住了，父亲披一身一头的雪迎着我走过来，肩头扛着一口袋馍馍，笑吟吟地说：我给你把干粮送来了，这个星期你不要回家了，你走不动，雪太厚了……

二女儿因为误读俄语，补习只好赶到高陵县一所开设俄语班的中学去。每到周日下午，我用自行车带着女儿走七八里土路赶到汽车站，一同乘公共汽车到西安东郊的纺织城，再换乘通高陵县的公共汽车，看着女儿坐好位子随车而去，我再原路返回蒋村——正在写作《白鹿原》书的祖屋。我没有劳累的感觉，反而感觉到了时代的进步和生活的幸福，比我父亲冒雪步行五十里为我送干粮方便得多了。

我不止一次劝告女儿和女婿，别太着急了，孩子三岁还不到，你教他认什么字嘛！他现在就应该吃饭、玩耍甚至捣蛋，才符合天性。女儿和女婿便说现在人对孩子智商如何如何开发，及至胎儿。我便把我赌上去：你爸爸八岁才上学识字，现在不光写小说当作家，写毛笔字偶尔还赚点润笔费哩！

父亲是一位地道的农民，比村子里的农民多了会写字会打算盘的本事，在下雨天不能下地劳作的空闲里，躺在祖屋的炕上读古典小说和秦腔戏本。他注重孩子念书学文化，他卖粮卖树卖柴，供我和哥哥读中学，至今依然在家乡传为佳话。

我供三个孩子上学的过程虽然也颇不轻松，然而比父亲当年的艰难却相去甚远。从私塾先生爷爷到我的孙儿这五代人中，父亲是最艰难的。他已经没有了私塾先生爷爷的地位和经济，而且作为一个农民也失去了对土地和牲畜的创造权利，而且心强气盛地要拼死供两个儿子读书。他的耐劳他的勤俭他的耿直和左邻右舍的村人并无多大差别，他的文化意识才是我们家里最可称道的东西，却绝非书香门第之类。

这才是我们家几代人传承不断的脉。

三九的雨

　　这是我村与邻村之间一片不大的空旷的台地。只有一畛地宽的平台南头开始起坡，就是白鹿原北坡根的基础了。平台往北下一道浅浅的坡堎，就是灞河河滩了。我脚下踏着的平台上的这条沙石大路，穿过一个个大大小小的村庄，通往西安。

　　前日落了雨。小雨。通常是开春三月才有的那种"随风潜入夜，润物细无声"的春雨。腊月初二（二○○二年一月十四日）下起，断断续续稀稀拉拉下到今天天明，让整个村子里的男女惊诧不已，该当滴水成冰冻破砖头的"三九"时月，居然是小雨缠绵。太过反常的天气给农人心里一种不祥的妖孽氛征。这是我半生里仅见的一次"三九"的雨，以及不仅不冻反而松软如酥的土地。

　　我脚下这条颇为宽绰的沙石大路是一九七七年冬天动

工拓宽的。与这条大路同时开工的是灞河河堤水利工程，由我任副总指挥具体实施的。那时，我完成这项家乡的水利工程的心态，与我后来写作长篇小说《白鹿原》时的心境基本类同，就是尽力做成一件事。

我第一次背着馍口袋从这条路走出村子走进西安的中学时，这条路大约也就一步宽，架子车是无法通行的。我背着一周的干粮走出村子时的心情是雀跃而又高涨的，然而也是完全模糊的。我只是想念书，想上城里的中学去念书，念书干什么等抱负之类的事，完全没有。我再三追寻记忆，充其量只会有当个工人之类的宏愿，而且这主要是父母供儿女上学的原始动机。在乡村人的眼睛里，挣工资吃商品粮的工人是世界上最幸福的人。我在初中二年级却喜欢文学了，这不仅大大出乎父母的意料，连我自己也感到奇怪。通常情况下，爱好文学是被视为浪漫而又富于诗意的事情，怎么会发生在一个穿粗布衣服吃开水泡馍的人身上呢？许多年后我把自己的这种现象归结为一根对文字敏感的神经——文学的兴趣由此而发端。书香门第以及会讲故事会唱歌谣的奶奶们的熏陶，只能对具备文字敏感的神经的儿孙起反应起作用，反之讲了也是白讲唱了也是白唱。

背着馍口袋出村夹着空口袋回村，在这条小路上走了十二年，我完成了高中学业。我记忆中最深的是十六岁那年遇到过狼。天微明时，我已走出村子五华里的一条深沟的顶头，做伴壮胆的父亲突然叫了一声"狼"！就在身旁不过二十步远的齐摆着谷穗的地边上，有一只狼。稍远一点，还有一只。我没有感觉到丝毫的害怕，尽管是我第一次看见这种吓人的动物；不是我胆大，而是身旁跟着父亲。我第一次感受父亲的力量和父亲的含义，就是面对两只成年狼的时候，竟然没有产生恐惧。我成了一个父亲的时候，又在这条几经拓宽的乡村公路上接送我的三个念书的孩子。我比父亲优裕的是有了一辆自行车，孩子后来也有了，比当年父亲步行送我要快捷多了。我和孩子再也没有遭遇狼的惊险故事。狼已经成为大家怀念的珍稀宝贝了。

　　我的一生其实都粘连在这条已经宽敞起来的沙石路上。我在专业创作之前的二十年基层农村工作里，没有离开这条路；我在取得专业创作条件之后的第一个决断，索性重新回到这条路起头的村子——我的老家。我窝在这里的本能的心理需求，就是想认真实现自己少年时代就产生的作家之梦。从一九八二年冬天得到专业写作的最佳生存状态到一九九二年春天写完《白鹿原》书，我在祖居的原下的老屋里写作和读书，整整十年。这应该是我最沉静最自在的十年。

我现在又回到原下祖居的老屋了。老屋是一种心理蕴藏。新房子是在老房子原来的基础上盖成的，也是一种心理因素吧。这个祖居的屋院只有我一个人住着。父亲和他的两个堂弟共居一院的时代早已终结了。父亲一辈的男人先后都已离开这个村子，在村庄后面白鹿原北坡的坡地上安息有些年了。我住在这个过去三家共有的屋院里，可以想见其宽敞和清爽了。我在读着欧美那些作家的书页里，偶尔竟会显现出爷爷或父亲或叔父的脸孔来，且不止一次。夜深人静我坐在小院里看着月亮从东原移向西原的无边无际的静谧里，耳畔会传来一声两声沉重而又舒坦的呻吟。那是只有像牛马拽犁拉车一样劳作之后歇息下来的人才会发出的生命的呻唤。我在小小年纪的时候就接受着这种生命乐曲的反复熏陶，有父亲的，有叔父的，还有祖父的。他们早已在原坡上化作泥土。他们在深夜熟睡时的呻吟萦绕在这个屋院里，依然在熏陶着我。

这是一个不可思议的冬天。我站在我村和邻村之间的旷野里。

从我第一次走出这个村子到城里念书的时候，父亲和母亲每每送我出家门时的眼神，都给我一个永远不变的警示：怎么出去还怎么回来，不要把龌龊带回村子·带回屋院。在我变换种种社会角色的几十年里，每逢周日回家，父亲迎接我的眼睛里仍然是那种神色，根本不在乎我干成了什么事干错了什么事，升了或降了，根本不在乎我比他实际上丰富得多的社会阅历和完全超出他的文化水平。那是作为一个父亲的独具禀赋的眼神，这个古老屋院的主宰者的不可侵扰的眼神，依然朝我警示着，别把龌龊带回这个屋院来。

北京丰台。我从大礼堂走出来。《西安晚报》记者王亚田第一个打来电话。选举刚刚结束。他问我当选中国作家协会副主席后首先想的是什么。我脱口而出：作为一个作家，应该始终把智慧投入写作。

他又问：还有什么呢？

我再答：自然还有责任和义务。

我站在我村与邻村之间空旷的台地上，看"三九"的雨淋湿了的原坡和河川，绿莹莹的麦苗和褐黑色的柔软的荒草，从我身旁匆匆驶过的农用拖拉机和放学回家的娃娃。粘连在这条路上倚靠着原坡的我，获得的是沉静，自然不会在意"三九"的雨有什么祥与不祥的猜疑了。

旦旦记趣

外孙取名旦旦，已经长到两岁半，常有"惊人"之语出口。每每听到，先是猝不及防，随之便捧腹，或忍不住而喷饭，且不能忘。

他很贪玩，几乎没有片刻的闲静，即使吃饭，仍然是手不闲脚亦不停。这时候，我便哄他说，你不好好吃饭，屁股上都没肉啦！顺手便捏一捏他的小屁股；再鼓励一番，好好吃肉，屁股上就长肉啦。他便真听了话，张口接住他妈妈递到嘴边的一块肉，刚嚼了两下，估计还未嚼碎，便急忙咽下，跑过来，背过身，撅起小屁股："爷爷你再摸一下，看看长肉了没有？"在一家人的哄笑声中，我只好将错就错："长了长了！再吃再长！"我亦忍不住笑，这才叫立竿见影！林彪要中国人学习"语录"要"立竿见影"，肯定没有想到这样的效果和这样幼稚的荒诞和荒谬！

旦旦吃了一块豆腐，蹦过来，转过身，又一次撅起小屁股，认真地说："爷爷你再摸一下，看看屁股上长豆腐了没？"哇！一家人全部放下碗，停住筷子，笑得前仰后合。

然后就没完没了。一次连一次地重复如前的动作和姿势，一次比一次更加认真地问：

爷爷你再摸一下，屁股上长蘑菇了没？

爷爷你再摸一下，屁股上长木耳了没？

我已经再没劲儿笑了，无可奈何地对他说，旦旦的屁股成了副食超市了。

有一天，我要上班了，照例先和旦旦说再见，然后就走到门口。旦旦却急了，从沙发上跳下来，鞋也顾不得穿，光着脚跑过来，边跑边喊，爷爷别走爷爷别走。我就站住安慰他。他却盯着我喊：爷爷我送你。我也就释然，还以为他缠住我不让出门呢。我拉开门，他先蹦了出去，站在楼梯口，伸出一只小手来。我尚弄不明白他要做什么，就牵住他的手引他进门回屋。小家伙抽回手去，甩了几下，又伸到我面前。我女儿终于明白了，提示我说，他要跟你握手送别呢。我恍然醒悟，随即弯下腰伸出手去，攥住他的小手。他却当即跳着蹦着，另一只手像翅膀一样上下扇着，嘴里连续丢出一串话来："再见！拜拜！巴尼哈！那就这！"

我对于这突如其来的发挥毫无心理准备。且且表演完毕，向我摇摇手，又跑回屋里沙发上去了。我走下楼梯走过楼院走出住宅区的大门，心里还一直在想着。"再见"和再见的英语口语"拜拜"他早都会说了，自然是他爸爸妈妈教的。"巴尼哈"是维吾尔语"再见"的意思，肯定是他奶奶教给他的。我和老伴今年夏天去了一趟新疆，就学会了这么一句维吾尔语的"再见"。这些当然都不足为奇，奇就奇在"那就这"从何而来，谁教给他的？

想想也不难破译。家里来了人，说完了事，送客人出门，握手告别时我常习惯说"那就这"。意思是我们说过的事就这样了。不仅如此，打完电话时，我也习惯说一句："那就这，再见。"这娃娃不知观察了多少次我的举动和说话，终于和我要来表演一回了。

从这天开始，这样的握手告别仪式就成为必不可缺的铁定的程序，我一天出几次门，就有几次这样的表演仪式，地点也必须是门外的楼梯口。有一次因事急我匆匆开门出去，走到楼下，从窗户里传出且且的哭声，哭声不仅大而强烈，且很悲伤。我感到了一种他被轻视了的伤心，我犹豫一下，还是返身回家，弥补了那个握手告别的仪式。他的脸蛋上挂着泪珠，仍然把小手递到我手里，蹦着跳着，左胳膊还是小鸟翅膀一样上下扇动着，哽咽着却一字不漏

地说完"再见……拜拜……巴尼哈……那就这"。

旦旦学骑小三轮车几乎无师自通，哪怕是车子可以擦轴而过的狭窄过道，他都可以骑过去。旦旦对我说，爷爷我到北京去了，说罢便踩动车轮钻进另一间房子去了。不一会儿，旦旦又转回来：爷爷我到上海去了。说罢又钻人第三间屋子。我的三室住房加上厨房，不时变幻着中国十几个城市的名字，大都是我或家人出差去过的城市。因为去某个城市的时间和回来之后的一段日子，家人总是说那些城市的见闻和观察。旦旦便在谁也不留意他的时候记住了这些城市的名字，而且被他骑车一日几次地往返了。

旦旦睡觉了，家里便恢复了安静。他的一双小鞋却丢在我的房间的床边，我总是在看见那一双小鞋时忍不住怦然心动。我说不清什么原因，似乎也没有什么关于鞋的往事的参照或触发，反正看见那双脱下的小鞋时心里就怦然一动，甚至比看见他穿着鞋跑来跑去更加富于诱惑。

回到家，迎上前来打招呼的总是旦旦。这时候，无论什么顺心的事和烦恼的事甚至令人窝火的事，全都在旦旦的无序的话语里化解了。说宠辱皆忘说心静如水似乎都不大恰切，只是觉得自己就是一个爷爷了。

秋收过后，我带着旦旦回到老家乡村。今年夏天雨水好，秋粮得到了近来少有的好收成，村巷里的椿树槐树皂荚树树杈上，架着一串串剥光了皮壳的玉米棒子，橙黄鲜亮的。这虽然是我自小就看惯了的家乡的最亮丽最惹眼的风景，依然抑制不住对于丰收果实的那种诗意的感受。旦旦也激动起来，扬起两条小胳膊，睁大惊异的眼睛欢呼起来：啊呀！这么多的香蕉呀……

旦旦的惊人之举引来哄然大笑。他奶奶他妈妈和周围的乡亲都笑了。我笑过之后，便不由得感慨。这孩子生在城里，长在城里，两岁半了，第一次看见玉米棒子，把形状类似的香蕉就联想起来混淆一起了。我的三个儿女，包括旦旦的妈妈，都生长在这祖传的乡间老屋里，他们生在"文化大革命"的非常时期，也是我的生活最困窘的时期，香蕉无异于天国的神果，他们正好可能把香蕉当做玉米棒子。香蕉在现时的乡村，已经不是什么稀奇的水果，乡村小镇和马路边的小店散摊，都摆着一堆堆零售的香蕉，肯定不会有农村孩子再把它当做玉米棒子的笑话发生了。无论大人们怎样开心地调笑，旦旦却早跑到树下，仰起脸盯着树杈上的玉米棒子，跳着叫着要摘下"香蕉"来。

两岁半的旦旦，大约正处于人生的混沌状态，什么都要问，却什么也懂不了；什么都感觉新鲜，过眼之后便兴味索然；什么人的什么话都可以不听，一味固执于自己当时的兴趣；什么行动和动作都想去模仿，结果是毫不在意地又丢弃了。我可以看到一个人成长过程中两岁半这个年龄区段里的全部可爱，混沌的可爱。不必作任何意义上的猜想和推测，两岁半的混沌形态容不得意义，因为它本身属于无意义的自然形态。

这个年龄区段的混沌可能很短暂。因为在两岁的时候，旦旦还不是这样的形态。半岁的变化有点急骤，两岁时说不出的混话和做不出的行为动作，到两岁半时就都发生了。那么我就猜想，再过半岁呢？到了三岁时，该是从混沌状态走出来而踏入半混沌半清明的状态了吗？他在蜕去一半混沌的同时，还能保持那一份憨态的可爱吗？

猜测那混沌状态的可能消失，依着那混沌状态的全部可爱，我便打算用笔记下来。我的记性已经很差，无疑是老年的生理特征的显现。想到生命的衰落生命的勃兴从来都是这样的首尾接续着，我便泰然而乐。

与军徽擦肩而过

　　进入高中最后一个学期，我的心境心绪便进入一种慌乱，说惶惶不可终日也不为过。去向的把握不定，未来职业的艰难选择，前途的光明与黑暗，像一涡没有流向的混浊的漩流翻腾搅和在心里，根本无法理出一条清晰的流向。我只觉得自己整个被那个漩流冲撞翻搅得变轻了。

　　把书念到高中即将毕业，十二年的读书生活中经历的无以诉叙的经济艰难，此时都被即将结束这种艰难的兴奋所淡漠。仅仅在春节前的高三第一学期结束时，心境和心绪还是踏实的，还是一种进入最后冲刺的单纯和自信，还没有感觉到这种既无法出手又无法伸脚的惶惶和轻松。仅仅过罢春节，重新坐到自己的桌子前的最后一学期，才发觉一切都乱套了。这是高考前的最后四个月，是万米长跑的最后一百米，容不得任何杂念，只需要单纯，只需要咬紧牙关拼尽最后一丝力气冲过那条终点线闯进大学的校门里去。然而我却乱套了，无法凝神，也难以聚力，陷入一种漩流翻搅的无法判断、无法选择，也无法驾驭自己的艰难之中。造成这种混沌心态的直接因由，竟然全都是与军徽有关的事。

刚刚开学不久，突然传达下来验招飞行员的通知。校长在应届毕业生大会上传达了上级文件，班主任接着就在本班作了动员，然后分小组讨论，均是围绕着国防建设的神圣任务和青年个人的责任为主题的。虽然千篇一律，却是真诚的表白、真实的感动和心甘情愿的迫切。想想吧，神秘的驾驶飞机的飞行员，对于任何一个高中毕业生来说，简直是做梦都不敢想的好事，谁还会迟疑或说不呢？从切实的意义上说，所有动员和讨论都是多余的，因为这样的好事美差是争都争不来的。学校领导的用意却在于进行一次普遍的爱国主义教育。其实学校各级领导都知道，这几乎是一个只开花而不会结果的事。因为从本校历史上看，每届高中毕业生都要验招飞行员，结果依旧是零的纪录，从来没有从本校走出一名驾驶飞机保卫领空的学生。然而，仍然满怀热情和忠诚地层层动员，仍然满怀精忠报国的赤诚参加讨论和表白。参加验招的人选是由学校团委具体操办的。出身"地、富、反、坏、右"家庭的学生是没有任何希望可寄的，亲友关系中有海外关系的学生也是没有指望的，家庭和直系旁系亲属中有被杀、被关、被管制过的成员的学生同样过不了政治审查这一关。这是那个绷紧着阶级斗争一根弦的年代里，学生们都已习惯接受的条例，况且，驾驶飞机太了不得了。这样审查下来，一个班能参加身体检查的学生也就是十来个人，除去女生。更进一步也更严格的政治审查还在后头，要视身体检查的结果再定。我是这十余个经政审粗筛通过的幸运者之一，又是被大家普遍看好的几个人中的一个。我那时刚好二十岁，一年到头几乎不吃一粒药，打篮球可以连续赛完两场打满八十分钟，一米七六的个头，肥瘦大体均匀，尤其视力仍然保持在一点五，这在高三年级里是很可骄傲的。尽管知道飞行员要求严格几乎是千里挑一，尽管知道本校历史上尚未出现过一个幸运儿的严峻事实，然而仍怀着一份侥幸和期望。也许，因为挑选太过严格，对所有被挑选者都是一个未知数，于是所有有资格进行测检的人反而都可以发生侥幸。我的侥幸大约在第四项检查时就轻易地被粉碎了。

"脱掉衣服。"医生说。

"再脱。"医生坐在椅子上，歪过头瞅我一眼又说。

"脱光。"医生又转过脸再次命令。

我赤条条站在房子中间。尽管医生是位男性，但毕竟是陌生人，也毕竟是紧绷着阶级斗争之弦，也紧绷着道德之弦的六十年代。我浑身的不自在，完全处于无助无倚的状态下，总想弯下腰去，不由自主地并拢紧夹住双腿，真想蹲下去。医生却不紧不慢地命令说：两腿叉开，站直了，双手平举。

我就照命令做出站姿。

医生从椅子上站起来，先走到我的背后，我感觉到那双眼睛在挑剔，在我的左肩胛骨下戳了戳；然后再走到我的前面，不看我的脸，却从脖颈一路看下去。

他仍然不看我又走回桌前，坐下，就在那个体检册上写起来。我慌忙穿好衣服，站到他的面前，等待判词。他不紧不慢地说："你不用再检查了。"

飞行员与普通兵身体检查的不同之处就在这里，某一项不合格就终止检查。我问哪儿出了问题。他说，小腿上有一块疤。这块疤不过指甲盖大，小时候碰破感染之后留下的，几乎与周边皮肤无异。我的天哪，飞行员的金身原来连这么一小块疤痕都是不能容忍的。我不甘就此终结那个存寄的希望，便解释说，这个小疤没有任何后遗症。医生说，到高空气压压迫时，就可能冒血。我吓了一跳，完全信服了医家之言，再不敢多舌，便赶回学校去，把演算本重新摊开。尽管失败了，许多同学也和我一样破灭了飞行员之梦，然而学校却实现了验招飞行员的零的突破，一个和我同龄的学生走进了人民解放军航空兵飞行员的队列。这个幸运儿就出在我们班里，我和他同窗整整两年半，而且联手进行班际间的乒乓球赛。他顿时成为全校师生最瞩目的人物。班主任按上级指令已经指示他停止复习功课，以保护身体尤其是眼睛。他的两颗把上唇撑起的虎牙，现在不仅不成为缺憾，倒是平添了亮闪闪的魅力。

我的飞行员之梦破灭了，却无太大挫伤，原本就是碰碰运气的，侥幸心理罢了，而真正心里揣着较大希望的，却是炮兵。按照历届毕业生的惯例，每年都要给军事院校保送一批学生。保送就是免去考试，直奔。政治审查条例虽然和飞行员一样严格，我却并不担心；学习成绩也不是要求拔尖而只需中上水平，我自酌也是不成问题的；身体条件比普通士兵稍微严格，却远远不及飞行员那么挑剔。比我高一级的学生，保送入军事院校的竟有十余名之多，他们大多数我都认识，有几个还是我的同乡，他们在各个方面的状况我是清楚的，我悄悄地把自己与他们比较。我早在验招飞行员之前就做着这个梦了，许多同学也在做着同一个梦了。有人悄悄问过班主任程老师，说还没有开始这项推荐保送军校的工作，但只是迟早的事。做着同一个梦的同学，很自然地就扎到了一堆，私下里悄悄传递着种

种有利和不利的消息。而客观的事实是，上一届军校保送学生的工作早已开始了，今年为什么迟迟不见动静？上一届保送军校的十多名同学，大都去了一所炮兵学院，据说炮院院长还是我们灞桥人。传说今年仍然是对口保送，炮兵便成为一个切实的梦想，令人日夜揪着心。真应了俗谚所说的夜长梦多的话，终于等来了令我彻底丧气的消息。

程老师走进教室，匆匆的样子，神色也不好。他说校长刚传达完上边一个指示，国家正处于经济困难时期，今年高校招生的比例大减。他说到这里时，脸色顿时变青发黑了。他似乎怕同学们不能充分理解"大减"的严峻性，几乎用喊的声调警示我们说，大减就是减少的比例很大！大到……很大很大的程度（上级不许说那个比例）……今年考大学……可能比考举人……还难。整个教室里鸦雀无声。我已经不敢再看程老师的脸，也不敢看任何同学的脸，微低了头，眼里什么景物人物都没有了，脑子里一片空白。程老师一只手撑着讲桌，最后又像报丧似的说，军校保送生的任务也取消了。不单陕西，整个北方省份的军校保送生都取消了。本来我们班有几位同学是完全够保送军校条件的。现在……你们得加倍用功学习……

我不知道程老师什么时候走出教室的，走出教室的脚步和脸色是什么样子的。他走了以后，教室里许久都没有人动一动，或说一句话。最早作出反应拉开坐凳离开课堂走出教室的，是学习最差的几位同学，他们大约原本就没有考取高校的信心，这下反倒彻底放松了。我没有任何再去和其他同学交流的意图。程老师已经一竿子扎到人心的底层了，还有什么不明白的需要讨论吗？没有了。而停断军校保送生的决定，更是对我蓄谋已久的一个希望的破灭。我从教室走向操场，进入乱争乱抢的篮球场子。我在走出教室时，突然想起初中课本上《最后一课》里的韩默尔先生。程老师向我们宣布招生大减和军校停止保送生的指示的神态，有点类近韩默尔先生。

后来的结果完全注释了程老师所说的招生比例大减的内容，全校四个毕业班只考取了八名大学生，我们班竟然剃了光头。仅仅比我们早一年的毕业生，录取比例是百分之五十，而高两级的那一届毕业生，大学录取比例达到百分之九十以上。这是一九六二年。这是新中国短短的历史中史称"三年困难时期"的一九六二年。这是我对"三年困难时期"最强烈最深刻的记忆，远远超出对于饥饿的印象。许多年后我从捂盖已久而终于公开的资料上看到，因饥饿死亡于"三年困难"的人数之众，完全冲淡了我的那点损失，能活下来已属幸运了。

寄托于飞行员和炮兵的幻想彻底破灭了，所有捷径都被堵死，任何选择的机会都没有了，反而没有了选择的游移不定，反而粉碎了也廓清了一切侥幸心理，很快就进入一种别无选择的沉静和单纯。明知那个比例减得"很大很大"，反而激起一种反弹，一种不堪就此完结的垂死挣扎。教室里几乎没有杂音，从早到晚都是安静的，晚自习的灯光彻夜不熄。这个时期的学习大约是我漫长的学生时代最认真最下功夫的一段时日。有一天，教导处通知我和班里几位同学去开会，传达上级指示，对取消保送军校的决定补发新的决定，说保送军校的工作还要继续，但只限于"政治保送"，考试照常参加，考生一视同仁。这项被说得颇为神秘的"政治保送"的文件，在我看来，没有任何实质性的含义，因为考试分数才是关键。只要考分上线，能上军校最好，分配到地方院校也不赖，所以依旧埋头在课桌上作着最后的拼争。

　　这种近乎垂死的专一心境很快又被扰乱了。本年破例在高中毕业生中征招现役军人。此前的征兵对象只是初中以下的青年，高中毕业生只作为飞行员和军校的挑选对象。道理无须解释，招生任务既然"大大削减"，正好为部队提供了选拔较高文化兵源的机遇，也为高中毕业生增加了一条新的出路。这是一九六二年"三年困难时期"，作出的任何破例的举措都是能被接受的。

又是校方传达文件。又是团支部、学生会层层动员。又是各班级里的各个学习小组分组讨论。又是人人表态统一认识。连不在征召范围的女生也一样要接受这一整套的动员过程，应召普通士兵的决定，远不及应召飞行员那么众口一词地踊跃。学生中明显地分成两种倾向，那些对高考根本不抱任何侥幸心理的同学，从一听到这个突然发生的意外消息，就表现出一种惊喜，一种不需任何动员说教的坚定，道理也很简单，这是一条提供了新的发展可能的人生之路。班里那些自恃学业优秀的学生陷入了两难之中，既想考入大学，又怕万一落榜，反而连这一条出路也丢掉了。小组讨论中虽然一样表示着"守卫边疆"的决心，眼神和语气中却无法掩饰选择中的两难心态。

我也陷入两难中。我的两难选择不是自恃学业优秀，而是纯属个人的没有普遍意义的小算盘。我在专心作着最后拼命的同时，也作好了落榜之后的准备，仿照柳青深入长安农村深入生活的路子，回到农村自修文学，开始创作。已经基本确定的这"两手准备"被打乱了，我既想参加高考一试，又怕落榜而丢失了当兵的机会；在当兵与回农村自修文学的两项对比中，农村生活条件最不占优势，甚至连饭也吃不大饱。那个时候诱惑农村青年当兵的一个最基本的因素，便是部队上那白花花的米饭和白生生的馒头。

我在几经权衡几度反复掂量之后，还是倾向于当兵，在美好的高校和艰苦的农村的三项对照中，只有当兵可能是最把稳的，因为对考取高校的畏怯，因为对农村的艰苦和自修文学的不自信，自然就倾向于当兵一条路了。当兵起码可以填饱肚子，出身农村的孩子自然不会在乎吃苦，又可以穿不用钱买的军装，说不定还可以在部队干上个班长排长什么的。唯一让我心存嘀咕的事，就是整响整天整月的立正和稍息的走步。那种机械那种呆板那种整齐划一的没完没了的训练，我不喜欢，却终究是小事。

我很快倒向那些热心当兵的同学一族了，自然就不能专心一致地演算数理化习题了。有人打听到接兵的军官已经到达地方武装部的消息，我们便迫不及待地追到区政府所在地纺织城，十余华里的路不知不觉就到了。那位军官出面接待了这一帮年约二十上下的高中生，很热情，也很客气，又显示着一种胸有成竹的矜持。我是第一次与一位军官如此近距离地对话，他的个头高挑，英武，一种完全不同于地方干部也不同于老师的站姿和风度，令人有一种陌生的敬畏。同学们七嘴八舌询问种种在他看来纯属于ABC的问题，他也不烦不躁地作着解答，遇到特别幼稚的问题，他顶多淡淡一笑，作为回答。学生们最关心的问题还是有关身体检验，诸如身高、体重、视力、熊掌脚等最表层也最容易被刷下来的项目。有同学突然提到沙眼，说许多人仅就这一项就丧失了保卫祖国的机会，而北方的人十个里有九个都有不同程度的沙眼，最后直戳戳地问：究竟怎样的眼睛才算你们满意的眼睛？

军官先作解释，说北方人有沙眼是不奇怪的，关键看严重程度如何，一般有点沙眼并无大碍，到部队治疗一下就好了。究竟什么样的眼睛才是军人满意的眼睛呢？军官把眼光从那位发问的同学脸上移开，在围拢着他的同学之中扫巡，瞅视完前排，又扫巡后排，突然把眼睛盯住我的脸，说：这位同志的眼睛没有问题，有点沙眼也没关系。我在这一瞬脑子里呈现了空白，被军官和几十位同学一齐看着，看着我的眼睛，我不知所措了。大概从来也没有被人如此近距离地注视过，大概从来也没有人称我为"同志"。我至今清楚记得第一次被称为同志，就发生在这一次。在我缓过神来以后，我才有勇气提出了第一个问题，腿上的一块指甲盖大的疤痕能不能过关？军官笑笑说不要紧。

既然眼睛被军官看好，既然那块疤痕也不再成为大碍，我想我就不会再有麻烦了，这个兵就十拿九稳当上了。礼拜六回到家中，我把这个过程全盘告知父亲和母亲。父亲半天不说话，许久之后才说，即使考不上大学，回家来务农嘛！天下农民也是一层人哩！我便开始说服父亲。最基本的一个道理，如果不念高中，回乡当农民心甘情愿，念过高中再回来吆牛犁地就有点心不甘，部队毕竟还有比农村更多的发展机会……这种父子间的对话，与在学校小组讨论会上的表态，是我的人生中发生过的两面派的最初表现形式。公开的表态是守卫边疆的堂皇，而内心真正焦灼的是个人的人生出路。在我的解说下，父亲稍微松了口，说让他再想想，也和亲戚商量一下。我已经不太重视父亲最后的态度了，因为我已经明确告诉他，已经报过名了。

周日返回学校之后的第三天，上课时候发现了异常，几位和我一起报名验兵的同学的位子全部空着，便心生疑猜。好容易挨到下课，同学才告知今天体检。我直奔班主任办公室，门上挂着锁子。再问，才知班主任领着同学到医院体检去了。我不知发生了什么事，为什么单独扔下我？我便直奔十几里外的纺织城一家大医院，告知说我们班的几位同学已经检验完毕，跟着班主任去逛商场了。我再追到商场，果然找到了班主任，他正借此闲暇，领着爱妻转悠。他对我只说一句话，回到学校再说。对于我急促中的种种发问，他不急不躁，却仍然不说底里，只是重复那一句话。我的热汗变成冷汗，双腿发软，口焦舌燥，迷茫不知所向，无论如何也弄不清突然取消了我体检资格的原因，甚至怀疑是否"政审"出了什么麻烦。我不知怎样走回学校的，躺到宿舍就起不了身了，迫在眉睫的高考前紧张的复习功课，于我都无任何刺激了。

班主任让班长通知我谈话。

班主任很坦率也很平静地告诉我，我的父亲昨天找过他。我自然申述我的志愿，不能单听父亲的。班主任反而更诚恳地说，第一次在高中毕业生中征兵，是试验，也是困难时期的非常举措。征兵名额很少，学校的指导思想是让那些有希望考取大学的同学保证高考，把这条出路留给那些高考基本没有多少希望的同学。班主任对我的权衡是尚有一线希望，所以不要去争有限的当兵的名额。最后，班主任有点不屑地笑笑说，人家都争哩，你爸却挡驾，正好。

我便什么话也说不成了。

我又坐到课桌前，重新摊开课本和练习本的时候，似乎真有一种从战场上撤退回来的感觉。我顺理成章地名落孙山了。没有任何再选择的余地，没有人也不需要谁做任何思想工作，回归我的乡村。

我在大学、兵营和乡村三条人生道路中最不想去的这条乡村之路上落脚了，反而把未来人生的一切侥幸心理排除净尽了；深知自修文学写作之难，却开始了；一种义无反顾的存储心底的人生理想，标志是一只用墨水瓶改装的煤油灯。

汽笛·布鞋·红腰带

　　一个年过五十的人，依然清晰地记得平生听到第一声火车汽笛时的情景。

　　他当时刚刚勒上了头一条红腰带。这是家乡人遇到本命年时避灾禳祸乞求平安福祉的吉祥物，无论男女无论长幼无论尊卑都要在本命年到来的头一天早晨穿裤子时勒上腰的。那是母亲用自纺的棉线四股合成一股，经过浆洗经过大红颜色的煮染再经过蜂蜡的打磨，然后把经线绷在两个膝盖之前织成的，早在母亲搓棉花捻子和纺线的时候就不断念叨："娃的本命年快到了，得织一条红腰带。"在标志着一年将尽的最后一个月份——腊月——到来之前，母亲已经织好了一条红腰带，只让他试着勒了一下就藏进木板柜里，直到大年三十晚上才取了出来放在枕头旁边，叮嘱他天明起来换穿新衣新裤时结上那根红腰带。他那时只是为了那条鲜红的线织腰带感到新奇而激动不已，却不能意识到生命历程的第二个十二年将从明天早晨开始……

半年以后，他勒在腰里的红带已经变成了紫黑色的了，鲜艳的红色被汗渍尿垢以及褪色的黑裤污染得失去了原本的颜色。他依旧勒着这条保命带走出了家乡小学所在的小镇，到三十里外的历史名镇灞桥去投考中学。领着他的是一位四十多岁的班主任老师，姓杜；和他一起去投考的有二十多个同学，这些小学同学中有的已经结婚，那是他们在新中国成立后才迟迟获得读书机会的缘故，他是他们当中年龄最小个头最矮的一个。

这是一次真正的人生之旅。

从小镇小学校后门走出来便踏上了公路。这是一条国道，西起西安沿着灞河川道再进入秦岭，在秦岭山中盘旋蜿蜒一直通到湖北省内。这是他第一次走出家门三公里以远的旅行。他昨夜激动慌惧得几乎不能成眠。他肩头挎着一只书包，包里装着课本，一支毛笔和一只墨盒，还有几个学生灶发给的混面馍馍，还有一块洗脸擦脸用的布巾，同样是母亲用织布机织下的手工布巾……口袋里却连一分钱也没有。

开始上路他和老师、同学相跟着走，大约走出十多里路也不觉得累，同学们大都是来自小镇附近村庄，谁也没出过远门，兴致很高心劲十足一路说说笑笑叽叽嘎嘎。后来的悲剧是从脚下发生的。他感觉脚后跟有点疼，脱下鞋来看了看，鞋底磨透了，脚后跟上磨出红色的肉丝淌着血，血浆渗湿了鞋底和鞋帮。他首先诅咒的便是砂石铺垫的国道上的砂子，全然想不到母亲纳扎的布鞋鞋底经不住砂石的磨砺，随后才意识到是一双早已磨薄了的旧布鞋的鞋底。在他没有发现鞋破脚破之前还能撑持住往前走，而当他看到脚后跟上的血肉时便怯了，步子也慢了。

似乎不单是脚后跟上出了毛病，全身都变得困倦无力，双腿连往前挪一步的勇气都没有了，每一次抬脚举步都畏怯落地之后所产生的血肉之苦。他看见杜老师在向他招手，他听见同学在前头呼叫他。他流下眼泪来，觉得再也撵不上他们了。他企望能撞见一位熟人吆赶的马车，瞬间又悲哀地想到，自己其实原来就不认识一位车把式。

他看见杜老师和一位结过婚的小学生大同学倒追过来，立即擦干了眼泪。老师和同学的关心鼓励丝毫也不能减轻脚下的痛楚和抬脚触地时引发的内心的畏怯。老师和大同学不能只等他一人而往前走了。他没有说明鞋底磨透脚跟磨烂的事，不是出于坚强而纯粹是因为爱面子，他怕那些穿起耐磨的胶质球鞋的同学笑自己的穷酸。这种爱面子的心理不知何时形成的，以至影响到他后来的全部生活历程，不愿意在任何人面前哭穷，即使在党的面前。老师和大同学临走时留给他的一句话是："往前走不敢停。慢点儿要紧只是不敢停下。我们在前头等你。"

他已经看不见杜老师率领着的那支小小的赶考队列了。他期望在路上捡到一块烂布包住脚后跟，终于没有发现哪怕是巴掌大的一块碎布而失望了。他从路边的杨树上捋下一把树叶塞进鞋窝儿，大约只舒服了两分钟走出不过十几米就结束了短暂的美好和幼稚。他终于下狠心从书包里摸出那块擦脸用的布巾，相当于课本的两倍大小，只能包住一只脚。洗脸擦脸已经不大重要了，撩起衣襟就可以代替布巾来使用。用布巾包住的一只脚不再直接遭受砂石的蹭磨减轻了疼痛，况且可以使另一只脚踮起脚尖而避免脚后跟着地。他踮着一只脚尖就着往前赶，果然加快了行速。走过不知有多少路程，布巾很快又磨透了，他把布巾倒过来再包到脚上，直到那块布巾被踩磨得稀烂而毫无用处。他最后从书包拿出了课本，先是算术，后是语文，一扎一扎撕下来塞进鞋窝……只要能走进考场，他自信可以不需要翻动它们就能考中；如果万一名落孙山，这些课本无论语文或是算术就都变成毫无用处的废物了。那些课本的纸张更经不住砂石的蹭磨，很快被踩踏成碎片从鞋窝里泛出来撒落到砂石国道上，像埋葬死人时沿路抛撒的纸钱。直到课本被撕光，他几乎完全绝望了，脚跟的疼痛逐渐加剧到每一抬足都会心惊肉跳，走进考场的最后一丝勇气终于断灭了。他站起随之又坐下来，等待有一挂回程的马车，即使陌生的车夫也要乞求。他对念中学似乎也没有太明晰的目标，回家去割草拾柴也未必不好……伟大的转机就在他完全崩溃刚刚坐下的时候发生了，他听到了一声火车汽笛的嘶鸣。

他被震得从路边的土地上弹跳起来。他被惊吓得几乎又软瘫坐下。他的耳膜长久地处于一种无知觉的空白。他的胸腔随着铿锵铿锵的轮声起伏着颤栗着。他惊惧慌乱不知所措而茫然四顾，终于看见一股射向蓝天的白烟和一列呼啸奔驰过来的火车。他能辨识出火车凭借的是语文课本上的一幅拙劣的插图。这是他平生第一次看见火车。第一次听见火车汽笛的鸣叫。隐蔽在原坡皱褶里的家乡村庄，一年四季只有人声牛哞狗吠鸡鸣和鸟叫。列车从他眼前的原野上飞驰过去，绿色的车厢绿色的窗帘和白色的玻璃，启开的窗户晃过模糊的男人或女人的脸，还有一个把手伸出窗口的男孩的脸……直到火车消失在柳林丛中，直到柳树梢头的蓝烟渐渐淡化为乌有，直到远处传来不再那么震慑而显得悠扬的汽笛声响，他仍然无法理解火车以及坐在火车车厢里的人会是一种什么滋味儿？坐在飞驰的火车上透过敞开的窗口看见的田野会是怎样的情景？坐在火车上的人瞧见一个穿着磨透了鞋底磨烂了脚后跟的乡村娃子会是怎样的眼光？尤其是那个和他年岁相仿已经坐着火车旅行的男孩？

天哪！这世界上有那么多人坐着火车跑哩而根本不用双腿走路！他用双脚赶路却穿着一双磨穿了底磨烂了脚后跟的布鞋一步一蹭血地踯躅！一时似乎有一股无形的神力从生命的那个象征部位腾起，穿过勒着红腰带的腹部冲进胸腔又冲上脑顶，他无端地愤怒了，一切朦胧的或明晰的感觉凝结成一句，不能永远穿着没后底的破布鞋走路……他把残留在鞋窝里的烂布绺烂树叶烂纸屑腾光倒净，咬着牙在砂石国道上重新举步，腿上有劲了，脚后跟也还在淌血还疼，走过一阵儿竟然奇迹般地不疼了，似乎那越磨越烂得深的脚后跟不是属于他的，而是属于另一个怯弱者懦弱鬼王八蛋的……在离考场的学校还有一二里远的地方，他终于追赶上了老师和同学，却依然不让他们看他惨不忍睹的两只脚后跟。

……

在那场历时十年的大浩劫发生时，他虽未被完全打翻却感到已经走到生命的尽头。那一年又正好是他勒上第二条红腰带开始第三轮十二年的时候。他被划进为刘少奇路线而注定了政治生命的完结，他所钟情的文学在刚刚发出处女作便夭折了，家庭的灾难也接踵而至，不是祸不单行而是三面伏击四面楚歌。他步入社会尚无任何生活经验也无丝毫的防卫能力，很快便觉得进入绝境而看不出任何希望，不止一次于深夜走到一口水井边企图结束完全行尸走肉的自己。没有促成他纵身一投的缘由，便是他在那最后一刻听到了发自生命内部的那一声汽笛的鸣叫……

在他勒上第三条红腰带开始生命年轮的第四个十二年的时候，恰好又遭遇到一次重大的挫折。如果说上一次的遭遇与红腰带有无什么联系尚不意识，这一次就令他暗暗惊诧了，人类生命本身是否存在着一种神秘的周期性灾变？他不再以一个简单的无神论者的简单态度轻易去判断其有无了。这一次挫折纯粹是自做自受，不能怨天不能怨地更不能怨天下任何人，自己写下一篇对生活作出简单谬误判断的小说而声名狼藉。他曾想告别政坛也告别文学，重新回到学校做一名乡村教师，与农村孩子去交朋友。在那个人生重大抉择的重要关头，他不仅又一次听到了那声汽笛，而且想到了那双磨透了鞋底磨烂了脚跟的布鞋。有什么可畏惧的呢？本来就是穿着磨透鞋底的布鞋走进社会的，最终最糟失掉的大不了也就是又一双破烂布鞋……他走进图书馆，把莫泊桑和契诃夫的小说抱回住屋，昼夜与这两个欧洲人拥抱在一起。

他后来成为一个作家，但不是著名的，却终归算一个作家。这个作家已过"知天命"的年岁，回顾整个生命历程的时候，所有经过的欢乐已不再成为欢乐，所有经历的灾难挫折引起的痛苦也不再是痛苦，变成了只有自己可以理解的生命体验，剩下的还有一声储存于生命磁带上的汽笛鸣叫和一双透了鞋底的布鞋。

他想给进入花季刚刚勒上头一条或第二条红腰带的朋友致以祝贺，无论往后的生命历程中遇到怎样的挫折怎样的委屈怎样的龌龊，不要动摇也不必辩解，走你认定了的路吧！因为任何动摇包括辩解，都会耗费心力耗费时间耗费生命，不要耽搁了自己的行程。

生命之雨

一个年过五十的人，某天傍晚突然警悟，他的生命中最敏感的竟然是雨。

秋日。傍晚。

细雨如丝如缕如烟，无穷无尽的前方和已经穷尽的身后都是这种雨丝，飘飘洒洒却无声无息。他沿着家乡的河水在沙滩上走着。一旦有雨或雪降下，他就有一种迎接雨雪的骚动而必须刻不容缓地走向雨雪迷蒙的田野。他的腋下挟着一把黑色雨伞，除非雨点变得粗疾起来才准备打开。

沙滩上的野苇子的茸毛已经飘落，蒿草的绿色无可挽救地变得灰黑而苍老了。他看见河的远处有人在涉水过河，辨不清过河的是男人还是女人，雨雾把雄性和雌性的外部特征模糊起来了。走过滩柳丛生的一道沙梁，一个看去和他年龄相仿的女人伫立在沙地上，看守着七八只羊。女人的右手攥着一根新鲜的柳枝儿，无疑是用来警示她的羊的武器；她的左腋下挟着一只金黄色的草帽，而让头发也淋着雨。她的生命中也敏感雨而渴盼细雨的浇灌和滋润么？

女人满脸皱纹，皮肤皴黑而粗糙，骨骼粗硬而显示着棱蹭；她挽着黑色的裤脚，露出小腿如同庄稼汉一样坚硬的筋骨的轮廓。他瞅着她，又瞅着她的羊，瞅过去是七只，倒瞅过来却成了八只；数过了羊又瞅着她。他瞅着数着羊是潜意识的行为，避免死呆呆瞅着她而引起反感。瞅了瞅她又去数羊，这回数过去是八只，再数过来又成了七只。

她却只瞅着她的羊，或者根本就没有瞅羊。她也不瞅他。他想，在她说不清是呆滞或是不屑的眼神里，他不过也是一只羊吧？他便走开了，踏上高踞沙滩的河堤。

母亲说生他的时候正是三伏天。母亲强调说他落地的时辰是三伏天的午时。母亲对他落地后的记忆十分清晰，落地后不过半个时辰全身就潮起了痱子，从头顶到每一根脚趾头，都覆盖着一层密密麻麻的热痱子。只有两片嘴唇例外地侥幸，却爆起包谷粒大的燎泡。母亲说整整一个夏天里，他身上的热痱子一茬尚未完全干壳，新的一茬便迫不及待地又冒了出来，褪掉的干皮每天都可以撕下小半碗。母亲说她在月子里就只是替他从头到脚撕揭干壳了的痱子皮……母亲对已经成年了的他遭遇灾难时便说："你落生的时辰太焦燥了。那天能遇着下雨就好了。"

他后来得知，他与父亲同一个属象：马。这根本不用奇怪，家族中两代人和同代人之中同一属象的现象屡见不鲜完全正常。奇异的是，他和父亲同月同日生，而且时辰都是午时。只是没有人说得清，父亲出生时潮没潮起那么厉害的热痱子，父亲出生时是否侥幸遇到了三伏天的雨。

他便猜疑，在他来到这个世界时便领受到的如煎如煮的酷热焦燥，在父亲来说早已领受过了。从而并不以为什么了不起。

关于他的父亲，他想写篇小文章来悼念那位如草芥一样无声无响度过一生又悄然死去的农民，然而终于没有形成文字。原因在于，那个念头刚一产生，如潮的记忆便把他齐头盖脑淹没了。他喘息着又合上了钢笔。父亲是一本书，不是一篇小文章。

现在，他只能说一句话，在这个世界上，他最熟悉最了解的是他的父亲，而最难理解的也是他的父亲。他深深地懊悔，直到父亲离开这个世界时，才发觉自己从来没有太在意过父亲。起初他剖析造成这种懊悔心理的因素，是他既不可能对父亲寄托稍大点儿的依赖，更不可能发现以至研究他有什么伟大和不平凡之处；后来随着生命体验的不断加深，终于有一天警悟过来，便是从来也没有想到过对父亲的心理设防，是一种绝对的心理安全的天然依赖，反倒不太在意了。

父亲死亡的情景永难忘记。一个自身生长的异物堵死了食道，直到连一滴水也不能通过，那具庞大的躯体日渐一日萎缩成一株干枯的死树……哦！生命中的雨啊！

他一个人坐在家乡的河边，天上洒下旱季里少见的细雨。他刚刚 20 岁，开始了永远的没有限期的暑假，从学校走向社会了。他半是豪勇半是惶惑，怀着宏大的文学梦却又怀疑自己是否具备文学的天赋，自信与自卑五十对五十折磨着他，便有了一种孤自散步的欲望，尤其是在雨雾迷茫之中。

这条河不大却闻名于遥远悠久的历史，河有多长，河边的柳林就有多长。骚客文人折柳赠别也抛撒离愁思怨的诗句，成为一代又一代文化人寄托情怀的佳作。他坐在水边，一个琴瑟般的声音不期而至："大哥哥你饿吗？"他转过头就看见了一只小仙鹤，是的，这个大约不过 10 岁的女孩像河滩草地上偶然降至的仙鹤。他苦笑一下摇摇头。处于整个民族的大饥饿年代，小孩子看世界的眼睛也是饥饿。他笑笑说："我渴。"河堤上传下来一声笑，他看见那儿站着一位干部，这是一家大企业的党的领导干部，据说是一位出身富贾而又背叛了自己阶级的老革命，革命胜利了他已成为企业领导，却依然需要下放乡村锻炼改造……他很忠诚，不仅自己老老实实在农民中间生活，而且还利用暑假把小女儿也领到这炼狱里来改造了。

几十年后，在一次全国性的文学集会上，有一位中年女人向他走来："你现在是饿还是渴？"

"还是渴。"

"还是渴？"

"是渴……生命之雨。"

她说她后来随父亲到北方一个城市，又转过四五个城市。她现在在一家报纸主持着一个《婚姻与家庭》的专栏。她在年轻男女中名声显赫，几乎家喻户晓，当然是她坦率而又真诚地解答过来自全国各地青年男女关于爱的困惑，并因此而很自信："你比我写的书多，我比你写的信多；你只是在文学圈子里有名声，而我却在青年人心中是知音。"她的佐证是多年来收到和回复青年人的书信数以万计。她说她读过他的全部作品，当然不是因为作品好不好，亦不是要研究他的创作，主要是因为在他未成名之前她见过他一面，那时她不足 10 岁。她说："我至少给青年朋友写过 20000 多封信，而你的小说最多发行 5000 册。"

他很尴尬，随之反诘："我也来请你解答一个过去的问题，有一对年轻夫妇在'文革'中分属对立的两派组织，妻子向自己一派的造反队司令报告了丈夫的行踪，丈夫被抓去打断了一条腿。这位现在走路还颠着跛着的丈夫仍然和那位告密的妻子生活在一起。他向你写过信没有？如果他有一天写信给你要求解释困惑，你怎么回答他？"她张了张口却摇摇头笑了，竟是一副不屑回答的神气。

半年以后，他接到她从千里之外的城市打来的长途电话，说她今天收到一封信，信中所表述的精神痛苦使她陷入深沉的无言以对的心境之中，那人的遭遇与他所说的"文革"夫妇的故事大同小异，关键在于他们的故事一直延续到今天而且还有发展，类似于被打断腿的这个跛子丈夫，居然投靠那个抓他施刑的造反队头儿的门庭挣钱去了。造反队头儿受过几年冷落之后，现在是一位腰里别着大哥大的公司老板了……现在反倒是类似于那个告密妻子的妻子陷入痛苦境地，据说是丈夫现在跟着那个不计前嫌的老板北上南下东闯西骗，出入星级宾馆酒楼歌舞厅，既卡拉OK又桑拿浴……她在电话中向他复述了这个故事，情绪很沉静，似乎没有了她写过两万余封回信的那种自信与得意，很真诚地说："上次你讲的那对'文革'夫妇的故事我没有回答，我觉得那是你们上一代人的故事和困惑；你们上一代人所处的那个时代是一个不正常的时代，用今天正常人的思维是无法理解也无法解释的，因为他和她都是不正常生活里的不正常的人所演绎的不正常故事。现在，当他和她在今天正常的社会里继续演绎不正常的故事时，我竟然第一次感觉到我的肤浅，无法回答那个类似告密妻子的新的苦恼……"他反而宽厚地安慰她说："是的，你不可能解除所有痛苦着的心灵的痛苦，也不可能拯救所有沉沦的灵魂。"她说："我总得给她回信呀！情急之下，我用了你的一句话回复了她，就是'生命之雨'。"

他说："这话太……"

她说："我就想起你的这句话……恰当不恰当都不管了，上帝！"

纤纤细雨依然。依然是如丝如缕如烟。依然是飘飘洒洒无声无响。他已经走到这一段河堤的尽头，河堤朝南拐弯伸展过去，顶头和南岸的山崖接住了；那一段河堤从山崖下开始延伸到雨雾迷茫的无穷无尽的上游。人生其实也类似这河堤，分作一段一段的，这一段到头了，下段又从这儿开始，一直延伸成为一个生命的河流。

河堤拐弯的内堤里，就圈住了好大一片滩地。滩地里有一幢孤零零的土坯房，房子的南墙和西墙上苫着一层长长的稻草，那是防止西风和南边的下山风卷来的骤雨对泥皮土坯的冲刷的，就像一位插秧的农夫身披的蓑衣。房前有一片偌大的打谷场，场角靠近房子的地方有一个黄色的麦秸垛。他猜测这是一个土地承包经营者仓促建筑的房子，从那简陋的建筑判断，主人完全是出于一种临时的考虑，不愿投注更多的钱财给这幢远离村庄的建筑。

一个男人吆着拽犁的牛在翻耕打谷场。打谷场已完成了夏季打麦秋季打谷的用场，现在翻耕以恢复土地的疏松和绵软，然后撒下早熟的青稞或者油菜籽，赶明年收割小麦之前先收获了青稞或油菜，再把这块土地碾压瓷实做打谷场。男人悠悠地吆着牛扶着犁，没有戴草帽，一任细雨淋着。一个女人站在麦秸垛下撕扯麦草，撒下一把便弯下腰纳到一只大竹条笼里，动作也是悠悠的不急不忙的样子。只是那一件红色的衣衫像一簇火焰在迷茫的河滩上闪耀。

一男一女一低一高两个小孩在场地上追逐，他们从土屋里奔出来时就是互相追逐着的，大约是男孩抢走了霸占了女孩的吃食或玩具，争执便发生了。女孩追着男孩显然力不从心，在溜滑的打谷场上摔倒了，顺势在场地上打滚而且号啕起来。那女人扔下柴禾笼飞跑过去，在滑溜的打麦场上跑起来闪动着两只胳膊，像是一种舞蹈。她没有扶起倒地打滚的女孩，一直冲到男孩跟前，一巴掌抽过去就把男孩打翻在地了。她随后转身走过来抱起女孩，另一胳膊挎上柴禾笼走进土屋里去了。

他竟然大声喊起来，愚蠢你愚蠢！你是个愚蠢的妈妈！

男人喝住牛插住犁，慢腾腾走过去抱起男孩，也走进那间土屋里去了。

一头在套的牛站在打麦场上甩着尾巴。

土屋房顶的烟囱有灰色的烟冒出来。

他依然站在河堤上。几十年后，那个扯柴禾打男孩抱女孩的愚蠢的女人肯定就变成那个放牧着七八只羊的粗硬的老女人了吧？那个受宠的女孩会不会成长为如那个写过两万多封信的专栏主持人？

那土屋里爆起激烈的吵闹声，浑厚的男声和尖锐的女声。肯定那是关于应不应该打倒男孩的争执。他忽然想到她，如果把这幢远离人群的河滩土屋里的争论提到她的专栏上，她还会用他的"生命之雨"这话来解释给这一对乡野夫妻吗？

原上少年

◆

第二辑

原下的老屋

原下的日子

新世纪到来的第一个农历春节过后，我买了 20 多袋无烟煤和吃食，回到乡村祖居的老屋。我站在门口对着送我回来的妻女挥手告别，看着汽车转过沟口那座塌檐倾壁残颓不堪的关帝庙，折回身走进大门进入刚刚清扫过隔年落叶的小院，心里竟然有点酸酸的感觉。已经摸上 60 岁的人了，何苦又回到这个空寂了近 10 年的老窝里来。

从窗框伸出的铁皮烟筒悠悠地冒出一缕缕淡灰的煤烟，火炉正在烘除屋子里整个一个冬天积攒的寒气，我从前院穿过前屋过堂走到小院，南窗前的丁香和东西围墙根下的三株枣树苗子，枝头尚不见任何动静，倒是三五丛月季的枝梢上暴出小小的紫红的芽苞，显然是春天的讯息。然而整个小院里太过沉寂太过阴冷的气氛，还是让我很难转换出回归乡土的欢愉来。

我站在院子里，抽我的雪茄。东邻的屋院差不多成了一个荒园，兄弟两个都选了新宅基建了新房搬出许多年了。西邻曾经是这个村子有名的八家院，拥挤如同鸡笼，先后也都搬迁到村子里新辟的宅基地上安居了。我的这个屋院，曾经是父亲和两位堂弟三分天下的"三国"，最鼎盛的年月，有祖孙三代十五六口人进进出出在七八个或宽或窄的门洞里。在我尚属朦胧混沌的生命区段里，看着村人把装着奶奶和被叫做厦屋爷的黑色棺材，先后抬出这个屋院，再在街门外用粗大的抬杠捆绑起来，在儿孙们此起彼伏的哭嚎声浪里抬出村子，抬上原坡，沉入刚刚挖好的墓坑。我后来也沿袭这种大致相同的仪程，亲手操办我的父亲和母亲从屋院到基地这个最后驿站的归结过程。许多年来，无论有怎样紧要的事项，我都没有缺席由堂弟们操办的两位叔父一位婶娘最终走出屋院走出村子走进原坡某个角落里的墓坑的过程。现在，我的兄弟姊妹和堂弟堂妹及我的儿女，相继走出这个屋院，或在天之一方，或在村子的另一个角落，以各自的方式过着自己的日子。眼下的景象是，这个给我留下拥挤也留下热闹印象的祖居的小院，只有我一个人站在院子里。原坡上漫下来寒冷的风。从未有过的空旷。从未有过的空落。从未有过的空洞。

　　我的脚下是祖宗们反复踩踏过的土地。我现在又站在这方小小的留着许多代人脚印的小院里。我不会问自己也不会向谁解释为了什么又为了什么重新回来，因为这已经是行为之前的决计了。丰富的汉语言文字里有一个词儿叫醍醐。我在一段时日里充分地体味到这个词儿的不尽的内蕴。

我听见架在火炉上的水壶发出噗噗噗的响声。我沏下一杯上好的陕南绿茶。我坐在曾经坐过近20年的那把藤条已经变灰的藤椅上，抿一口清香的茶水，瞅着火炉炉膛里炽红的炭块，耳际似乎萦绕看见过面乃至根本未见过面的老祖宗们的声音，嗨！你早该回来了。

第二天微明，我搞不清是被鸟叫声惊醒的，还是醒来后听到了一种鸟的叫声。我的第一反应是斑鸠。这肯定是鸟类庞大的族群里最单调最平实的叫声，却也是我生命磁带上最敏感的叫声。我慌忙披衣坐起，隔着窗玻璃望去，后屋屋脊上有两只灰褐色的斑鸠。在清晨凛冽的寒风里，一只斑鸠围着另一只斑鸠团团转悠，一点头，一翘尾，发出连续的咕咕咕……咕咕咕的叫声。哦！催发生命运动的春的旋律，在严寒依然裹盖着的斑鸠的躁动中传达出来了。

我竟然泪眼模糊。

二

傍晚时分，我走上灞河长堤。堤上是经过雨雪浸淫沤泡变成黑色的枯蒿枯草。沉落到西原坡顶的蛋黄似的太阳绵软无力。对岸成片的白杨树林，在蒙蒙灰雾里依然不失其肃然和庄重。河水清澈到令人忍不住又不忍心用手撩拨。一只雪白的鹭鸶，从下游悠悠然飘落在我眼前的浅水边。我无意间发现，斜对岸的那片沙地上，有个男子挑着两只装满石头的铁丝笼走出一个偌大的沙坑，把笼里的石头倒在石头垛子上，又挑起空笼走回那个低陷的沙坑。那儿用三角架撑着一张铜丝箩筛。他把刨下的沙石一锨一锨抛向箩筛，发出连续不断千篇一律的声响，石头和沙子就在箩筛两边分流了。

我久久地站在河堤上，看着那个男子走出沙坑又返回沙坑。这儿距离西安不足30公里。都市里的霓虹此刻该当缤纷。各种休闲娱乐的场合开始进入兴奋期。暮霭渐渐四合的沙滩上，那个男子还在沙坑与石头垛子之间来回往返。这个男子以这样的姿态存在于世界的这个角落。

我突发联想，印成一格一框的稿纸如同那张箩筛。他在他的箩筛上筛出的是一粒一粒石子。我在我的"箩筛"

上筛出的是一个一个方块汉字。现行的稿酬标准无论高了低了贵了贱了，肯定是那位农民男子的石子无法比兑的。我自觉尚未无聊到滥生矫情，不过是较为透彻地意识到构成社会总体坐标的这一极。这一极与另外一极的粗细强弱的差异。

这是新世纪的第一个早春。这是我回到原下祖屋的第二天傍晚。这是我的家乡那条曾为无数诗家墨客提供柳枝，却总也寄托不尽情思离愁的灞河河滩。此刻，三十公里外的西安城里的霓虹灯，与灞河两岸或大或小村庄里隐现的窗户亮光；豪华或普通轿车壅塞的街道，与田间小道上悠悠移动的架子车；出入大饭店小酒吧的俊男靓女打蜡的头发涂红（或紫）的嘴唇，与拽着牛羊缰绳背着柴火的乡村男女；全自动或半自动化的生产流水线，与那个在沙坑在箩筛前挑战贫穷的男子……构成当代社会的大坐标。我知道我不会再回到挖沙筛石这一极中去，却在这个坐标中找到了心理平衡的支点，也无法从这一极上移开眼睛。

三

村庄背靠的白鹿原北坡。遍布原坡的大大小小的沟梁奇形怪状。在一条阴沟里该是最后一坨尚未化释的残雪下，有三两株露头的绿色，淡淡的绿，嫩嫩的黄，那是茵陈，长高了就是蒿草，或卑称臭蒿子。嫩黄淡绿的茵陈，不在乎那坨既残又脏经年未化的雪，宣示了春天的气象。

桃花开了，原坡上和河川里，这儿那儿浮起一片一片粉红的似乎流动的云。杏花接着开了，那儿这儿又变幻出似走似住的粉白的云。泡桐花开了，无论大村小庄都被骤然暴出的紫红的花帐笼罩起来了。洋槐花开的时候，首先闻到的是一种令人总也忍不住深呼吸的香味，然后惊异庄前屋后和坡坎上已经敷了一层白雪似的脂粉。小麦扬花时节，原坡和河川铺天盖地的青葱葱的麦子，把来自土地最诱人的香味，释放到整个乡村的田野和村庄，灌进庄稼院的围墙和窗户。椿树的花儿在庞大的树冠和浓密的枝叶里。只能看到绣成一团一串的粉黄，毫不起眼，几乎没有任何观赏价值，然而香味却令人久久难以忘怀。中国槐大约是乡村树族中最晚开花的一家，时令已进入伏天，燥热难耐的热浪里，闻一缕中国槐花的香气，顿然会使焦躁的心绪沉静下来。从农历二月二龙抬头迎春花开伊始，直到大雪漫地，村庄、原坡和河川里的花儿便接连开放，各种奇异的香味便一波迭过一波。且不说那些红的黄的白的紫的各色野草和野花，以及秋来整个原坡都覆盖着的金黄灿亮的野菊。

五月是最好的时月，这当然是指景致。整个河川和原坡都被麦子的深绿装扮起来，几乎看不到巴掌大一块裸露的土地。一夜之间，那令人沉迷的绿野变成满眼金黄，如同一只魔掌在翻手之瞬间创造出来神奇。

一年里最红火最繁忙的麦收开始了，把从去年秋末以来的缓慢悠闲的乡村节奏骤然改变了。红苕是秋收的最后一料庄稼，通常是待头一场浓霜降至，苕叶变黑之后才开挖。湿漉漉的新鲜泥土的垅畦里，排列着一行行刚刚出土的红艳艳的红苕，常常使我的心发生悸动。被文人们称为弱柳的叶子，居然在这河川里最后卸下盛装，居然是最耐得霜冷的树。柳叶由绿变青，由青渐变浅黄，直到几番浓霜击打，通身变成灿灿金黄，张扬在河堤上河湾里，或一片或一株，令人钦佩生命的顽强和生命的尊严。小雪从灰蒙蒙的天空飘下来时，我在乡间感觉不到严冬的来临，却体味到一缕圣洁的温柔，本能地仰起脸来，让雪片在脸颊上在鼻梁上在眼窝里飘落、融化，周围是雾霭迷茫的素净的田野。直到某一日大雪降至，原坡和河川都变成一抹银白的时候，我抑止不住某种神秘的诱惑，在黎明的浅淡光色里走出门去，在连一只兽蹄鸟爪的痕迹也难觅踪的雪野里，踏出一行脚印，听脚下的好雪发出"铮铮铮"的脆响。

我常常在上述这些情景里，由衷地咏叹，我原下的乡村。

四

漫长的夏天。

夜幕迟迟降下来。我在小院里支开躺椅，一杯茶或一瓶啤酒，自然不可或缺一支烟。夜里依然有不泯的天光，也许是繁密的星星散发的。白鹿原刀裁一样的平顶的轮廓，恰如一张简洁到只有深墨和淡墨的木刻画。我索性关掉屋子里所有的电灯，感受天光和地脉的亲和，偶尔可以看到一缕鬼火飘飘忽忽掠过。

有细月或圆月的夜晚，那景象就迷人了？我坐在躺椅上，看圆圆的月亮浮到东原头上，然后渐渐升高，平静地一步一步向我面前移来。幻如一个轻摇莲步的仙女，再一步一步向原坡的西部挪步，直到消失在西边的屋脊背后。

某个晚上，瞅着月色下迷迷蒙蒙的原坡，我却替两千年前的刘邦操起闲心来。他从鸿门宴上脱身以后，是抄那条捷径便道逃回我眼前这个原上的营垒的？"沛公军灞上"。灞上即指灞陵原。汉文帝就葬在白鹿原北坎坡畔，距我的村子不过十六七里路。文帝陵史称灞陵，分明是依着灞水而命名。这个地处长安东郊自周代就以白鹿得名的原，渐渐被"灞陵原""灞陵""灞上"取代了。刘邦驻军在这个原上，遥遥相对灞水北岸骊山脚下的鸿门，我的祖居的小村庄恰在当间。也许从那个千钧一发命悬一线的宴会逃跑出来，在风高月黑的那个恐怖之夜，刘邦慌不择路翻过骊山涉过灞河，从我的村头某家的猪圈旁爬上原坡直到原顶，才嘘出一口气来。无论这逃跑如何狼狈，并不影响他后来打造汉家天下。

大唐诗人王昌龄，原为西安城里人，出道前隐居白鹿原上滋阳村，亦称芷阳村。下原到灞河钓鱼，提镰在菜畦里割韭菜，与来访的文朋诗友饮酒赋诗，多以此原和原下南灞水为叙事抒情的背景。我曾查阅资料企图求证滋阳村村址，毫无踪影。

我在读到一本"历代诗人咏灞桥"的诗集时，大为惊讶，除了人皆共知的"年年柳色，灞陵伤别"所指的灞桥，灞河这条水，白鹿（或灞陵）这道原，竟有数以百计的诗圣诗王诗魁都留了绝唱和独唱。

> 宠辱忧欢不到情
>
> 任他朝市自营营
>
> 独寻秋景城东去
>
> 白鹿原头信马行

这是白居易的一首七绝。是诸多以此原和原下的灞水为题的诗作中的一首。是最坦率的一首，也是最通俗易记的一首。一目了然可知白诗人在长安官场被蝇营狗苟的龌龊惹烦了，闹得腻了，倒胃口了，想呕吐了。却终于说不出口呕不出喉，或许是不屑于说或吐，干脆骑马到白鹿原头逛去。

还有什么龌龊能淹没脏污这个以白鹿命名的原呢，断定不会有。

我在这原下的祖屋生活了两年。自己烧水沏茶。把夫人在城里擀好切碎的面条煮熟。夏日一把躺椅冬天一抱火炉。傍晚到灞河沙滩或原坡草地去散步。一觉睡到自来醒。当然，每有一个短篇小说或一篇散文写成，那种愉悦，相信比白居易纵马原上的心境差不了多少。正是原下这两年的日子，是近八年以来写作字数最多的年份，且不说优劣。

我愈加固执一点，在原下进入写作，便进入我生命运动的最佳气场。

火晶柿子

我喜欢柿树。柿子好吃，这是最主要的因由。柿树不招虫害，任何害虫病菌都难以近身，大约是柿树特有的那种涩味构成了内在的天然抗拒，于是便省去了防虫治病的麻烦，也不担心农药残留的后患。柿树又很坚韧，几乎与榆槐等柴树无异，既不要求肥力和水分，也不需要任何稍微特殊的呵护。庭院里可以栽植，水肥优良的平川地里可以茁壮，土瘠水缺的干旱的山坡上、塄畔上同样蓬蓬勃勃，甚至一般柴树也畏怯的红石坡梁上，柿树仍可长到合抱粗。按照习惯或者说传统，几乎没有给柿树施肥浇水的说法。然而果实柿子却不失其甘美。

在柿树家族里，种类颇多。最大个儿的叫虎柿，大到可称出半斤。虎柿必须用慢火温水浸泡，拔去涩味儿，才香甜可口。然慢火的火功和温水的温度要随机变换，极难把握，稍有不当就会温出一锅僵涩的死柿子，甭说上市卖钱，白送人也送不出去。再说这种虎柿还有一个致命的弱点，不能存放，温熟之后即卖即食，隔三天两日尚可，再长就坏了，属于典型的时令性水果。还有一种民间称为义生的柿子，个头也比较大，果实变红时摘下，搁置月余即软化熟透，味道十分香甜。麻烦的是软化后便需尽快出手，或卖钱或送亲友或自家享受，稍长时间便皮儿崩裂柿汁流出，不可收拾，长途运送都是比较难以解决的问题。再有一种名曰火罐的柿子，果实较小，一般不超过半两，尽管味道与火晶柿子无甚差异，却多核儿，成为重大的弹嫌之弊，所以不被钟爱，几乎遭到淘汰而绝种，反正我已多年不见此物了。只有火晶柿子，在柿树家族中逐渐显出优长来，已经成为独秀柿族的王牌品种了。

火晶。真是一个热烈而又令人富于想象的名字。火是这种柿子的色彩，单一的红，红的程度真可以用"文革"中用烂了的词儿"红彤彤"来形容来喻示。我在骊山南麓的岭坡上见到过那种堪称红彤彤的景观，一棵一棵大到合抱粗的柿树，叶子已经落光掉净了，枝枝上挂满繁密的柿子，红溜溜或红彤彤的，蔚为壮观，像一片自燃的火树。火晶的名字中的火字大约由此而自然产生，晶也就无须阐释或猜想了。把火的色彩与晶字连结起来，便成为民间命名的高雅一种，恐怕只有民间的智者才会创造出这样一个雅俗共赏的柿子的名字来。

火晶柿子比虎柿比义生柿子小，比火罐柿子大，个重两余，无核。在树上长到通体变成橙黄时摘下来，存放月余便软化熟透，尤其耐得存放，保管得法的农户甚至可以保存到春节以后，仍不失其新鲜甘美的原味。食时一手捏把儿，一手轻轻掐破薄皮儿，一撕一揭，那薄皮儿便利索地完整地去掉了，现出鲜红鲜红的肉汁，软如蛋黄，却不流，吞到口里，无丝无核儿，有一缕蜂蜜的香味儿。乡间小贩摆卖火晶柿子的摊位上，常见蜜蜂"嗡嗡"盘绕不去，可见诱惑。

关中盛产柿子，尤以骊山为代表的临潼的火晶柿子最负盛名。一种名果的品质决定于水土，这是无法改变的常识。我家居骊山之南，白鹿原原坡之北，中间流着一条倒淌河灞水，形成一条狭窄的川道，俗称灞川，逆水而上经蓝田约五十里进入王维的辋川。由我祖居的老屋涉过灞水走过平川登上骊山南麓的坡道，大约也就半个小时。水土和气候无大差异，火晶柿子的品质也难分上下，然而形成气候形成品牌的仍然是临潼。

大约是"文革"后期，诺罗敦·西哈努克亲王携妻引子到西安，参观兵马俑往来的路上，王子发现路边有农民摆的火晶柿子小摊，问及此果，陪随人员告之。回到西安下榻处，有心的接待人员已经摆放好一盘经过精心挑选的火晶柿子，并说明吃法。王子生长在热带，未见过亦未吃过北方柿子并不足怪，恰是这种中国关中的火晶柿子令其赞赏不绝，直到把一盘火晶柿子吃完，仍然还要，不管斯文且不说了，连陪随人员的劝告（食多伤胃）也任性不顾。果然，塞了满肚子火晶柿子的王子到晚上闹起肚子来，引起各方紧张，直接报告北京有关领导，弄出一场虚惊。王子虽然经历了一个难受的夜晚，离开西安时仍不忘要带走一篮火晶柿子。

这个真实的传闻流传颇广。在关中普通到不能再普通的柿子，竟然上了招待外宾的果盘，而且是高贵的王子，确实令当地人始料不及。想来也不足奇，向来都是物以稀为贵的。二十世纪八十年代中期，我到与临潼连界的蓝田县查阅县志时发现，清末某年，关中奇冷，柿树竟然死绝了。我得到一个基本常识，柿树原来耐不得严寒的。但那年究竟"奇冷"到怎样的程度，却是无法判断的，那时怕是连一根温度计也没有。到二十世纪九十年代头上，我在原下的祖屋写作《白鹿原》的时候，这年冬天冻死了一批柿树，我至今记得这年冬天的最低温度为摄氏零下十四度，持续了大约半月左右，这是几十年来西安最冷的一个冬天。

村子里许多农户刚刚挂果的葡萄统统冻死了，好多柿树到春末夏初还不发芽，人们才惊呼柿树被冻死了。我也便明白，清末冻死柿树的那年冬天"奇冷"的程度，不过是摄氏零下十几度而已。

编志人在叙述"奇冷"造成的灾害时，加了一句颇带怜悯情调的话，曰：柿可当食。我便推想，平素当做水果的柿子，到了饥馑的年月里，就成为养生活命的吃食了。确凿把柿子顶做粮食的事发生在二十世纪六十年代初的"三年困难"时期，及十年"文革"之中，临潼山上的山民从生产队分回柿子，五斤顶算一斤粮食。想想吧，作为口费消遣的柿子是一种调节和品尝，而作为一日三餐的主食，未免就有点残酷。然而，我又胡乱联想起来，被当地山民作为粮食充饥的柿子，在西哈努克王子那里却成为珍果，可见人的舌头原本是没有什么天生贵贱的。想到近年某些弄得一点名堂的人，硬要做派出贵族状，硬要做派出龙种凤胎的不凡气象，我便担心这其中说不准会潜伏着类似火晶柿子的滑稽。

我在祖居的屋院里盖起了一幢新房，这是八十年代中期的事，当时真有点"李顺大造屋"的感受。又修起了围墙，立了小门楼，街门和新房之间便有了一个小小的庭院。我便想到栽一株柿树，一株可以收获火晶柿子的柿树。

我的左邻右舍及至村子里的家家户户，都有一棵两棵火晶柿树，或院里或院外；每年十月初，由绿色转为橙黄的柿子便从墨绿的树叶中脱颖而出，十分耀眼，不说吃吧，单是在屋院里外撑起的这一方风景就够惹眼了。我找到内侄儿，让他给我移栽一棵火晶柿子树。内侄慷慨应允，他承包着半条沟的柿园。这样，一株棒槌粗的柿树便植栽于小院东边的前墙根下，这是秋末冬初最好的植树时月里做成的事。

　　这株柿树栽下以后，整个前院便生动起来。走出屋门，一眼便瞅见高出院墙沐着冬日阳光的树干和树枝，我的心里便有了动感。新芽冒出来，树叶日渐长大了，金黄色的柿花开放了，从小草帽一样的花萼里托出一枚枚小青果，直到缀满枝丫的红灯笼一样的火晶柿子在墙头上显耀……期待和祈祷的心境伴我进入漫长的冬天。

　　二十世纪五十年代初我读小学时，后屋和厦房之间窄窄的过道里有一株火晶柿树，若小豌口粗，每年都有一树红亮亮的柿子撑在厦房房瓦上空。我于大人不在家时，便用竹竿偷偷打下两三个来，已经变成橙黄的柿子仍然涩涩的，涩味里却有不易舍弃的甜香。母亲总是会发现我的行为，总是一次又一次斥责，你就等不到摘下搁软了熟了吗？直到某一年，我放学回家，突然发现院里的光线有点异样，抬头一看，罩在过道上空的柿树的伞盖没有了，院子里一下子豁亮了。柿树被齐根锯断了。断茬上敷着一层细土。从断茬处渗出的树汁浸湿了那一层细土，像树的泪，也似树的血。我气乎乎问母亲。母亲也阴郁着脸，告诉我，是一位神汉告诫的。那几年我家灾祸连连，我的一个小妹夭折了，一个小弟也在长到四五岁时夭亡了，又死了一头牛。父亲便请来一个神汉，从前院到后院观察审视一番，最终瞅住过道里的柿树说：把这树去掉。父亲读过许多演义类小说，于这类事比较敏感，不用神汉阐释，便悟出其中玄机，"柿"即"事"。父亲便以一种泰然的口吻对我说，柿树栽在家院里，容易生"事"惹"事"。去掉柿树，也就不会出"事"了。我的心里便怯怯的了，看那锯断的柿树茬子，竟感到了一股鬼气妖氛的恐惧。

没有什么人现在还相信神汉巫师装神弄鬼的事了，起码在"柿"与"事"的咒符是如此。因为我的村子里几乎家家户户的院里门外都有一株或几株柿树。人在灾变连连打击下便联想到神的惩罚和鬼的作祟，这种心理趋势由来已久，也并非只是科学滞后的中国乡村人独有，许多民族，包括科学已很发达的民族也颇类同，神与鬼是人性软弱的不可避免的存在。我在前院栽下这棵柿树，早已驱除了"柿"与"事"的文字游戏式的咒语，而要欣赏红柿出墙的景致

了。漫长的冬天过去了。春风日渐一日温暖起来。我栽的柿树迟迟不肯发芽。

直到春末夏初，枝梢上终于努出绿芽来。我兴奋不已，证明它活着。只要活着就是成功，就有希望。大约两月之后，进入伏天，我终于发觉不妙，那仅仅长到三四寸长的幼芽开始萎缩。无论我怎样浇水，疏松土壤，还是无可挽回地枯死了。

这是很少有的现象，我喜欢栽树，不敢说百分之百成活，这样的情况确实极少发生。这株火晶柿子树是我尤为用心栽植的一棵树，它却死了。我久久找不出死亡的原因，树根并无大伤害，树的阴阳面也按原来的方向定位，水也及时适度浇过，怎么竟死了呢。问过内侄儿，他淡淡地说，柿树是很难移栽的，成活率极低。我原是知道这个常识的，却自信土命的我会栽活它。我犯了急功近利轻易求取成功的毛病，急于看到一棵成景的柿树。于是便只好回归到最老实之点，先栽软枣苗子，然后嫁接火晶柿子。

一种被当地人称作软枣的苗子，是各种柿树嫁接的唯一的砧木。软枣生长十分泼势，随便甚至可以说马马虎虎栽下就活了。我便在小院的西北角栽下一株软枣，一年便长到齐墙的高度。第二年夏初，请来一位嫁接果树的巧手用俗称热粘皮的芽接法一次成功，当年冒出的正儿八经的火晶柿子的新枝，同样蹿起一人高。叶子大得超过我的巴掌，新出的绿色的杆儿竟有食指粗，那蓬勃的劲头真正让我时时感知初生生命的活力。为了防止暴风折断它的尚为绿色的嫩杆，我为它立了一根木杆，绑扶在一起，一旦这嫩杆变成褐黑色，显示它已完全木质化了，就尽可放心了。我于兴奋鼓舞里独自兴叹，看来栽成树走捷径还是不行的。这个火晶柿子树的起根发苗的全过程完成了，我也就留下了一棵树的生命的完整印象，至今难以忘怀。

这株火晶柿树后来就没有故事了。没有虫害病菌侵害，在院里也避免了牛马猪羊的骚扰，对水呀肥呀也不讲究，呼呼啦啦就长起来了，分枝分杈了，长过墙头了，形成一株青春活力的柿树了。这年冬天到来时，我离开久居的祖屋老院迁进城里去，一年难得回来几次。有一年回来正遇着它开花，四方卷沿的米黄色小花令人心动，我忍不住摘下两朵在嘴里嚼着咽下，一股带涩的甜味儿，竟然回味起背着父母用竹竿偷打下来的生柿子的感觉。

今年春节一过，我终于下定决心回归老家，争取获得一个安静吃草安静回嚼的环境。我的屋檐上时有一对追逐着求偶的"咕咕咕"叫着的斑鸠。小院里的树枝和花丛中常常栖息着一群或一对色彩各异的鸟儿。隔墙能听到乡友们议论天气和庄稼施肥浇水的农声。也有小牛或羊羔蹿进我忘了关闭的大门。看着一个个忙着农事、忙着赶集售物的男人女人毫不注意修饰的衣着，我常常想起那些高级宾馆车水马龙衣冠楚楚口红眼影的景象。这是乡村，那是城市，大家都忙着，大家都在争取自己的明天。

我的柿树已经碗口粗了。我今年才看到了它出芽、开花、坐果到成熟的完整的生命过程。十月初，柿子日渐一日变得黄亮了，从浓密的柿树叶子里显现出来，在我的墙头上方，造成一幅美丽的风景。我此时去了一趟滇西，回来时，妻子已经让人摘卸了柿子。

装在纸箱里的火晶柿子开始软化。眼见得由橙黄日渐一日转变为红亮。有朋自城里来，我便用竹篮盛上，忍不住说明：这是自家树上的产物。多路客人无论长幼无论男女，无不惊叹这火晶柿子的醇香，更兼着一种自家种植收获的乡韵。看着客人吃得快活，我就想起一件有关火晶柿子的轶趣。某年参加一个笔会，与一位作家朋友聊天，他说某年到陕西参观兵马俑的路上品尝了火晶柿子，尤感甘美，临走时又特意买了一小篮，带回去给尚未尝过此物的南方籍的夫人。这种软化熟透的火晶柿子稍碰即破，当地农民用剥去了粗皮的柳条编织的小篮儿装着，一层一层倒是避免了挤压。他一路汽车火车，此物不能装箱，就那么拎着进了家门，便满怀爱心献给了亲爱的夫人。揭开柳条小篮，取出上边一层红亮亮的柿子，顿觉情况不妙，下边两层却变成了石头。可以想象他的懊丧和生气之状了。事过多年和我相遇聊起此事，仍然大气难抑，末了竟冲我说，人说你们陕西人老实，怎么这样恶劣作假？几个柿子倒不值多少钱，关键是让我几千里路拎着它，却拎回去一篮子石头，你说气人不气人？这在谁都会是懊丧气恼的，然而我却调侃道，假导弹假飞船没准儿都弄出来了，陕西农民给柿篮子里塞几块石头，在中国蓬蓬勃勃的造假行业里，只能算是启蒙生或初级水平，你应该为我的乡党的开化而庆祝。朋友也就笑了。我随之自我调侃，你知道我们陕西人总结经济发展滞后的原因是什么吗？不急不躁，不跑不跳，不吵不闹，不叫不到，不给不要，所谓关中人的"十不"特性。所以说，一个兵马俑式的农民用当地称作料僵石（此石特轻）的石头冒充火晶柿子，把诸如我所钦敬的大城市里的名作家哄了骗了涮了一回，多掏了他几枚铜子，真应该庆祝他们脑瓜里开始安上了一根转轴儿，灵动起来了。

　　玩笑说过也就风吹雨打散了。我却总想着那些往柳条编的小篮里塞进冒充火晶柿子的石头的农民乡党，会是怎样一种小小的得意……

种菊小记

朋友在一家公园供职，前年送我几盆花色各异的菊花，我大为惊讶，人工竟然能培养出这样争奇斗妍的花色品种来。

花谢之后，我便将盆栽菊花送回乡下老家，移栽到小院里。一来是偷懒，免得时时操心旱涝，也少去了天天或隔天浇水的麻烦，土地里毕竟要比花盆耐得伏旱。二来是出于性情，我更喜欢那些自发自然自由生长的原生形态的草木，向来不大欣赏那种裁剪得太规整的东西，包括盆栽花木，尤其不忍心观赏那些被人为地扭曲到奇形怪状的盆景，总是产生欣赏女人小脚的错觉。这样，这几盆菊花一旦移栽到小院的泥土里，便被迫还原为野生形态，任由其发芽、长茎，任由其倒伏在地上。秋来时花儿开了，白色的更显得白，紫色的更显得紫，抽丝带钩的花瓣更显得生动。只是比原先的花要小许多了。小点就小点吧，少了修饰的痕迹，看起来我倒觉得更顺眼。

今年清明前，妻子去了一回城乡交界处死灰复燃了的古庙会，买了几团菊花的根，同样栽在小院里，一视同仁，一任其自由发展，只是不知道这几种菊花是何品种，开什么形状的花色。一团团的花根埋到地下，也就埋下了一团团的花谜，看着蓬勃起来的叶子和茎秆，常常就有揭开谜底的期待。我在这些菊花旱得叶子发蔫时，便用井水浇个透湿浇个痛快，便可耐得多日高温。入秋后一场阴雨，原有的新栽的菊花秆茎全都匍匐到地上，扑倒在院中的路径边沿，我也不想扶起它。有乡友来，建议并出主意，弄几根竹棍或树枝，把菊花枝秆儿绑扶起来。我口头应诺，却仍未实施，心里想着，它自己长得太疯太软，它自己撑持不住要扑倒在地，何必要我扶绑。再说铺地的菊花开了，当会是另一种风情，也许呢。

前不久有一次时日不长的外出。回到原下的小院时，映入眼帘的却是一片惹人的金黄，黄得那么灿烂，黄得那么鲜嫩，又黄得那么沉静，令我抑止不住心颤。记得离家时，这一丛丛古庙会上买来的菊花已呈现出繁密的骨朵花苞，我以为花期尚早，因为暑气沤热还在，起码也应在野菊花之后，不料，它率先开了，这一丛菊花的谜就这样揭开，金色铺地，花团锦簇，一团一团的金黄的花朵任性开放，直教我左看右看立着看蹲下看不忍离去。

看到这一丛铺地盛开的菊花，金黄金黄的颜色，脑海里便浮出黄巢那首广为流传的《咏菊》的诗来。说真话，我记着这首诗，却不喜欢这首诗。从表征意义上，我不赞同"我花开罢百花杀"的狭隘小气。如果真应了黄巢的心愿，百花杀尽，只存留菊花，这世界就太单调太孤清了。不光在我不能忍受，恐怕任何正常的人都会不堪的。黄巢的咒语自己未能实现，却在千余年后的"文革"中发生了，中国文坛百花杀尽，只准存活八个样板戏。搞到一花独放独尊，肯定会出麻烦，肯定长久不了的。从这首诗的深层说，黄巢不过是以菊花自喻，隐含着称王称霸的政治抱负。联想到刚刚做了皇帝的李自成的胡来，以及尚未完全称帝的洪秀全和他的诸王们的胡整，黄巢即使做了皇帝，肯定也强不到哪儿去。只有菊花是无辜的，向来被有风骨的文人学士暗喻明恋地作为傲霜独立品行的一种花，无端地被称帝当王心切的黄巢拉出来称了一回霸，连柔嫩可人的花瓣也被拟化为黄金盔甲。

昨日傍晚，阴霾初开，夕阳在云缝中乍泄乍收。我走出小院，走上村后的原坡，野花凄迷，蚱蜢起落，树青草也绿着，却已分明是秋的景致了。山沟里，坡坎上，一簇簇一丛丛野菊花已经含苞，有待绽放。往昔的记忆中，这山野间的菊花一旦开放，满山遍野都是望不断的金黄，我家小院里的那一丛无法比拟，任何花园里的娇生惯养的公主般的同类也是无法比拟的。那种天风地气所孕育的野菊花，其气象其烂漫其率真，都是人工或小院所难以为之的。

作菊花诗两首，以释怀，以备忘。

其一　家菊

含露凝香铺地开，小院金菊报秋来。

秋风秋雨秋阳好，顿生诗情上高崖。

其二　野菊

何事争春斗妍态，不与桃杏一时开。

伏花凋谢香色去，抖出遍山黄花来。

告别白鸽

老舅到家里来，话题总是离不开退休后的生活内容，谈到他还可以干翻扎麦地这种最重的农活儿，很自豪的神情；养着一只大奶羊，早晨起来挤下羊奶煮熟和孙子喝了，孙子去上学，他则牵着羊到坡地里去放牧，挺诱人的一种惬意的神色；说他还养着一群鸽子，到山坡上放羊时或每月进城领取退休金时，顺路都要放飞自己的鸽子。我禁不住问："有白色的没有？纯白的？"

老舅当即明白了我的话意，不无遗憾地说："有倒是有……只有一对。"随之又转换成愉悦的口吻："白鸽马上就要下蛋了，到时候我把小白鸽给你捉来，就不怕它飞跑了。"老舅大约看出我的失望，继续解释说："那一对老白鸽你养不住，咱们两家原上原下几里路，它一放开就飞回老窝里去了。"

我就等待着，并不焦急，从产卵到孵化再到幼鸽独立生存，差不多得两个月，急是没有用的。我那时正在远离城市的乡下故园里住着读书写作，大约七八年了，对那种纯粹的乡村情调和质朴到近乎平庸的生活，早已生出寂寞，尤其是陷入那部长篇小说的写作以来的三年。这三年里我似乎在穿越一条漫长的历史隧道，仍然看不到出口处的亮光，一种劳动过程之中尤其是每一次劳动中止之后的寂寞围裹着我，常常难以诉叙难以排解。我想到能有一对白色的鸽子，心里便生出一缕温情一方圣洁。

　　出乎我意料的是，一周没过，舅舅又来了，而且捉来了一对白鸽。面对我的欣喜和惊讶之情，老舅说："我回去后想了，干脆让白鸽把蛋下到你这里，在你这里孵出小鸽，它就认你这儿为家咧。再说嘛，你一年到头闷在屋里看书呀写字呀，容易烦。我想到这一层就赶紧给你捉来了。"我看着老舅的那双洞达豁朗的眼睛，心不由怦然颤动起来。

　　我把那对白鸽接到手里时，发现老舅早已扎住了白鸽的几根羽毛，这样被细线捆扎的鸽子只能在房屋附近飞上飞下，而不会飞高飞远。老舅特别叮嘱说，一旦发现雌鸽产下蛋来，就立即解开它翅膀上被捆扎的羽毛，此时无须担心鸽子飞回老窝去，它离不开它的蛋。至于饲养技术，老舅不屑地说："只要每天早晨给它撒一把谷粒儿……"

我在祖居的已经完全破败的老屋的后墙上的土坯缝隙里，砸进了两根木棍子，架上一只硬质包装纸箱，纸箱的右下角剪开一个四方小洞，就把这对白鸽放进去了。这幢已无人居住的破落的老屋似乎从此获得了生气，我总是抑制不住对后墙上的那一对活泼的白鸽的关切之情，没遍没数儿地跑到后院里，轻轻地撒上一把玉米粒儿。起始，两只白鸽大约听到玉米粒落地时特异的声响，挤在纸箱四方洞口探头探脑，像是在辨别我投撒食物的举动是真诚的爱意抑或是诱饵？我于是走开，以便它们可以放心进食。

终于出现奇迹。那天早晨，一个美丽的乡村的早晨，我刚刚走出后门扬起右手的一瞬间，扑啦啦一声响，一只白鸽落在我的手臂上，迫不及待地抢夺手心里的玉米粒儿。接着又是扑啦啦一声响，另一只白鸽飞落到我的肩头，旋即又跳弹到手臂上，挤着抢着啄食我手心里的玉米粒儿。四只爪子掐进我的皮肉，有一种痒痒的刺痛。然而听着玉米粒从鸽子喉咙滚落下去的撞击的声响，竟然不忍心抖掉鸽子，似乎是一种早就期盼着的信赖终于到来。

又是一个堪称美丽的早晨，飞落到我手臂上啄食玉米的鸽子仅有一只，我随之发现，另外一只静静地卧在纸箱里产卵了。新生命即将诞生的欣喜和某种神秘感，立时就在我的心头潮溢开来。遵照老舅的经验之说，我当即剪除了捆扎鸽子羽毛的绳索，白鸽自由了，那只雌鸽继续钻进纸箱去孵蛋，而那只雄鸽，扑啦啦扑向天空去了。

终于听到了破壳出卵的幼鸽的细嫩的叫声。我站在后院里，先是发现了两只破碎的蛋壳，随之就听到从纸箱里传下来的细嫩的新生命的啼叫声。那声音细弱而又嫩气，如同初生婴儿无意识的本能的啼叫，又是那样令人动心动情。我几乎同时发现，两只白鸽轮番飞进飞出，每一只鸽子的每一次归巢，都使纸箱里欢闹起来，可以推想，父亲或母亲为它们捕捉回来了美味佳肴。

我便在写作的间隙里来到后院，写得拗手时到后院抽一支烟，那哺食的温情和欢乐的声浪会使人的心绪归于清澈和平静，然后重新回到摊着书稿的桌前；写得太顺时我也有意强迫自己停下笔来，到后院里抽一支雪茄，瞅着飞来又飞去的两只忙碌的白鸽，聆听那纸箱里日渐一日愈加喧腾的争夺食物的欢闹，于是我的情绪由亢奋渐渐归于冷静和清醒，自觉调整到最佳写作心态。

这一天，我再也按捺不住神秘的纸箱里小生命的诱惑，端来了木梯，自然是趁着两只白鸽外出采食的间隙。哦！那是两只多么丑陋的小鸽，硕大的脑袋光溜溜的，又长又粗的喙尤其难看，眼睛刚刚睁开，两只肉翅同样光秃秃的，它俩紧紧依偎在一起，静静地等待母亲或父亲归来哺食。

我第一次看到了初生形态的鸽子，那丑陋的形态反而使我更急切地期盼蜕变和成长。

我便增加了对白鸽喂食的次数，由每天早晨的一次到早、午、晚三次。我想到白鸽每天从早到晚外出捕捉虫子，不仅活动量大大增加，自身的消耗也自然大大增加，而且把采来的最好的吃食都喂给幼鸽了。

说来挺怪的，我按自己每天三餐的时间给鸽子撒上三次玉米粒，然后坐在书桌前与我正在交缠着的作品里的人物对话，心里竟有一种尤为沉静的感觉，白鸽哺育幼鸽的动人的情景，有形无形地渗透到我对作品人物的气性的把握和描述着的文字之中。

又是一个美丽的早晨，我在往地上撒下一把玉米粒的时候，两只白鸽先后飞下来，它们显然都瘦了，毛色也有点灰脏有点邋遢。我无意间往墙上的纸箱一瞅，两只幼鸽挤在四方洞口，以惊异稚气的眼睛瞅着正在地上啄食的父亲和母亲。那是怎样漂亮的两只幼鸽哟，雪白的羽毛，让人联想到刚刚挤出的牛乳。幼鸽终于长成了，所有可能发生的意外或不测的担心顿然化解了。

那是一个下午，我准备到河边上去散步，临走之前给白鸽撒一把玉米粒，算是晚餐。我打开后门，眼前一亮，后院的土围墙的墙头上，落栖着四只白色的鸽子，竟然给我一种白花花一大堆的错觉。两只老白鸽看见我就飞过来了，落在我的肩头，跳到手臂上抢啄玉米。我把玉米撒到地上，抖掉老白鸽，好专注欣赏墙头上那两只幼鸽。

两只幼鸽在墙头上转来转去，瞅瞅我又瞅瞅在地上啄食的老白鸽，胆怯的眼光如此显明，我不禁笑了。从脑袋到尾巴，一色纯白，没有一根杂毛，牛乳似的柔嫩的白色，像是天宫降临的仙女。是的，那种对世界对自然对人类的陌生和新奇而表现出的胆怯和羞涩，使人顿时生出诸多的联想：刚刚绽开的荷花，含珠带露的梨花，养在深山人未识的俏妹子……最美好最纯净最圣洁的比喻仍然不过是比喻，仍然不及幼鸽自身的本真之美。这种美如此生动，直教我心灵震颤，甚至畏怯。是的，人可以直面威胁，可以蔑视阴谋，可以踩过肮脏的泥泞，可以对叽叽咕咕保持沉默，可以对丑恶闭上眼睛，然而在面对美的精灵时却是一种怯弱。

小白鸽和老白鸽在那幢破烂失修的房脊上亭亭玉立。这幢由家族的创业者修盖的房屋，经历了多少代人的更替而终于墙颓瓦朽了，四只白色的鸽子给这幢风烛残年的老房子平添了生机和灵气，以致幻化出家族兴旺时期的遥远的生气。

夕阳绚烂的光线投射过来，老白鸽和幼白鸽的羽毛红光闪耀。

我扬起双手，拍出很响的掌声，激发它们飞翔。两只老白鸽先后起飞。小白鸽飞起来又落下去，似乎对自己能否翱翔蓝天缺乏自信，也许是第一次飞翔的胆怯。两只老白鸽就绕着房子飞过来旋过去，无疑是在鼓励它们的儿女勇敢地起飞。果然，两只小白鸽起飞了，翅膀扇打出啪啪啪的声响，跟着它们的父母彻底离开了屋脊，转眼就看不见了。

我走出屋院站在街道上，树木笼罩的村巷依然遮挡视线，我就走向村庄背靠的原坡，树木和房舍都在我眼底了。我的白鸽正从东边飞翔过来，沐浴着晚霞的橘红。沿着河水流动的方向，翼下是蜿蜒着的河流，如烟如带的杨柳，正在吐絮扬花的麦田。四只白鸽突然折转方向，向北飞去，那儿是骊山的南麓，那座不算太高的山以风景和温泉名扬历史和当今，烽火戏诸侯和捉蒋兵谏的故事就发生在我的对面。两代白鸽掠过气象万千的那一道道山岭，又折回来了，掠过河川，从我的头顶飞过，直飞上白鹿原顶更为开阔的天空。原坡是绿的，梯田和荒沟有麦子和青草覆盖，这是我的家园一年四季中最迷人最令我陶醉的季节，而今又有我养的四只白鸽在山原河川上空飞翔，这一刻，世界对我来说就是白鸽。

这一夜我失眠了，脑海里总是有两只白色的精灵在飞翔，早晨也就起来晚了。我猛然发现，屋脊上只有一双幼鸽。老白鸽呢？我不由地瞅瞅天空，不见踪迹，便想到它们大约是捕虫采食去了。直到乡村的早饭已过，仍然不见白鸽回归，我的心里竟然是惶惶不安。这当儿，舅父走进门来了。

"白鸽回老家了，天刚明时。"

我大为惊讶。昨天傍晚，老白鸽领着儿女初试翅膀飞上蓝天，今日一早就飞回舅舅家去了。这就是说，在它们来到我家产卵孵蛋哺育幼鸽的整整两个多月里，始终也没有忘记老家故巢，或者说整个两个多月孵化哺育幼鸽的行为本身就是为了回归。我被这生灵深深地感动了，也放心了。我舒了一口气："噢哟！回去了好。我还担心被鹰鹞抓去了呢！"

留下来的这两只白鸽的籍贯和出生地与我完全一致，我的家园也是它们的家园；它们更亲昵地甚至是随意地落到我的肩头和手臂，不单是为着抢啄玉米粒儿；我扬手发出手势，它们便心领神会从屋脊上起飞，在村庄、河川和原坡的上空，做出种种酣畅淋漓的飞行姿态，山岭、河川、村舍和古原似乎都舞蹈起来了。然而在我，却一次又一次地抑制不住发出吟诵：这才是属于我的白鸽！而那一对老白鸽嘛……毕竟是属于老舅的。我也因此有了一点点体验，你只能拥有你亲自培育的那一部分……

当我行走在历史烟云之中的一个又一个早晨和黄昏，当我陷入某种无端的无聊无端的孤独的时候，眼前忽然会掠过我的白鸽的倩影，淤积着历史尘埃的胸脯里便透进一股活风。

直到惨烈的那一瞬，至今依然感到手中的这支笔都在颤抖。那是秋天的一个夕阳灿烂的傍晚，河川和原坡被果实累累的玉米棉花谷子和各种豆类覆盖着，人们也被即将到来的丰盈的收获鼓舞着，村巷和田野里泛溢着愉快喜悦的声浪。我的白鸽从河川上空飞过来，在接近西边邻村的村树时，转过一个大弯儿，就贴着古原的北坡绕向东来。两只白鸽先后停止了扇动着的翅膀，做出一种平行滑动的姿态。恰如两张洁白的纸页飘悠在蓝天上。正当我忘情于最轻松最舒悦的欣赏之中，一只黑色的幽灵从原坡的哪个角落里斜冲过来，直扑白鸽。白鸽惊慌失措地启动翅膀重新疾飞，然而晚了，那只飞在头前的白鸽被黑色幽灵俘掠而去。我眼睁睁地瞅着头顶天空所骤然爆发的这一场弱肉强食、侵略者和被屠杀者的搏杀……只觉眼前一片黑暗。当我再次眺望天空，唯见两根白色的羽毛飘然而落，我在坡地草丛中捡起，羽毛的根子上带着血痕，有一缕血腥气味。

侵略者是鹞子，这是家乡人的称谓，一种形体不大却十分凶残暴戾的鸟。

老屋屋脊上现在只有一只形单影孤的白鸽。它有时原地转圈，发出急切的连续不断的咕咕的叫声；有时飞起来又落下去，刚落下去又飞起来，似乎惊恐又似乎是焦躁不安；我无论怎样抛撒玉米粒儿，它都不屑一顾更不像往昔那样落到我肩上来。它是那只雌鸽，被鹞子残杀的那只是雄鸽。它们是兄妹也是夫妻，它的悲伤和孤清就是双重的了。

过了好多日子，白鸽终于跳落到我的肩头，我的心头竟然一热，立即想到它终于接受了那惨烈的一幕，也接受了痛苦的现实而终于平静了。我把它握在手里，光滑洁白的羽毛使人产生一种神圣的崇拜。然而正是这一刻，我决定把它送给邻家一位同样喜欢鸽子的贤，他养着一大群杂色信鸽，却没有白鸽。让我的白鸽和他那一群鸽子合帮结伙，可能更有利生存。再者，我实在不忍心看见它在屋脊上的那种孤单。

它还比较快地与那一群杂色鸽子合群了。

我看见一群灰鸽子在村庄上空飞翔，一眼就能辨出那只雪白的鸽子，欣慰我的举措的成功。

贤有一天告诉我，那只白鸽产卵了。

贤过了好多天又告诉我，孵出了两只白底黑斑的幼鸽。

我出了一趟远门回来，贤告诉我，那只白鸽丢失了。我立即想到它可能又被鹞子抓去了。贤提出来把那对杂交的白底黑斑的鸽子送我。我谢绝了。

又过了一些日子，失掉我的两只白鸽的情感波澜已经平静。老屋也早已复归平静，对我已不再具任何新奇和诱惑。我在写作的间隙里，到前院浇花除草，后院都不再去了。这一天，我在书桌前继续文字的行程，窗外传来了咕咕咕的鸽子的叫声，便摔下笔，直奔后院。在那根久置未用的木头上，卧着一只白鸽。是我的白鸽。

我走过去，它一动不动。我捉起它来，它的一条腿受伤了，是用细绳子勒伤了的。残留的那段细绳深深地陷进肿胀的流着脓血的腿杆里，我的心里抽搐起来。我找到剪刀剪断了绳子，发觉那条腿实际已经勒断了，只有一缕尚未腐烂的皮连接着。它的羽毛变成灰黄，头上粘着污黑的垢甲，腹部粘结着干涸的鸽粪，翅膀上黑一砣灰一砣，整个儿污脏得难以让人握在手心了。

我自然想到，这只丢失归来的白鸽是被什么人捉去了，还是遭了鹞子？它被人用绳子拴着，给自家的孩子当玩物？或者连他以及什么人都可以摸摸玩玩的？白鸽弄得这样脏兮兮的，不知有多少脏手抚弄过它，却根本不管不顾被细绳断了的腿。我在那一刻突然想到，它还不如它的丈夫被鹞子扑杀的结局。

我在太阳下为它洗澡，把由脏手弄到它羽毛上的脏洗濯干净，又给它的腿伤敷了消炎药膏，盼它伤愈，盼它重新发出羽毛的白色。然而它死了，在第二天早晨，在它出生的后墙上的那只纸箱里……

家有斑鸠

住到乡下老屋的第一个早晨，刚睁开眼，便听到"咕咕——咕咕"的鸟叫声。这是斑鸠。虽然久违这种鸟叫声，却不陌生，第一声入耳，我便断定是斑鸠，不由得惊喜。

披上衣服，竟有点迫不及待，悄声静气地靠近窗户，透过玻璃望出去，后屋的前檐上，果然有两只斑鸠。一只站在瓦楞上，另一只围着它转着，一边转着，一边点头，发出"咕咕咕咕"的叫声。显然是雄斑鸠在向雌斑鸠求爱，颇为绅士，像西方男子向所爱的女子鞠躬致礼，"咕咕咕"的叫声类似"我爱你"的表白。

这是我回到乡下老屋的第一个早晨看见的情景。一个始料不及的美妙的早晨。

六年前的大约这个时节，我和文学评论家王仲生教授住在波士顿城郊他的胞弟家里。尽管这座三层小洋楼宽敞舒适，我和王教授还是更喜欢站着或坐在后院里。后院是一片绿茸茸的草坪，有几种疏于管理的花木。这一排房子的后院连着后面一排小楼房的后院，中间有一排粗大高耸的树木分隔。树木的枝杈上，栖息着毋宁说侍立着一群鸟儿。一种通体黑色的梭子形状的鸟，在人刚开开后门走到草坪边的时候，便从树枝上飞下来，落在草坪上，期待着人撒出面包屑或什么吃食。你撒了吃剩的面包屑或米粒儿，它们就在你面前的草地上争食，甚至大胆地跳到人的脚前来。偶尔，还会有一只两只松鼠不知从哪棵树上蹿下来，和梭子鸟儿在草地上抢夺食物。

我在那个令人忘情的人与鸟兽共处的草坪上，曾经想过在我家的小院里，如若能有这样一群敢于光顾的鸟儿就好了。我们近年来的经济成就令世人瞩目，然而要赶上人家的年生产总值和人均收入的水平，尚需一个较长的时日；然而我们的鸟儿和诸如松鼠的小兽敢于到居民的阳台和农民的小院来觅食，却是不需花费财力物力的事，只需给鸟儿和兽儿一点人道和爱心就行了。然而实际想来，实现这样人鸟人兽共存共荣的和谐景象，恐怕也不是短时间的事。

飞翔在我们天空的鸟儿和奔驰在我们山川里的兽儿，对人的恐惧和绝对的不信任是一个基本的事实。我们把爱鸟爱兽作为一个普遍的社会意识来提倡，不过是十来年间的事。我们把鸟儿兽儿作为美食作为美裳作为玩物作为发财的对象而心狠手狠的年月，却无法算计。我能记得和看到的，一是 1958 年对麻雀发动的全民战争，麻雀虽未绝种，倒是把所有飞翔在天空的各色鸟儿吓得肝胆欲裂，它们肯定会把对人的恐惧和防范以生存戒律传递给子子孙孙。再是种种药剂和化肥，杀了害虫长了庄稼，却把许多食虫食草的鸟儿整得种族灭绝——更不要说那些利欲熏心丧尽良知的捕杀濒临灭绝的珍禽异兽者。我曾瞎猜过，能够存活到今天的鸟类、兽类，肯定具备一组特别优秀的专司提防、警惕人类伤害的基因。不然，早该在明枪暗弓以及五花八门的机关和陷阱里灭绝了。

还是说我家的斑鸠。

我有记事能力的时候就认识并记住了斑鸠，像辨识家乡的各种鸟儿一样，不足为奇。斑鸠在我的滋水家乡的鸟类中，是最朴拙最不显眼近乎丑陋的一种鸟。灰褐色的羽毛比不得任何一种鸟儿，连麻雀的羽翅上的暗纹也比不得。没有长喙和高足，比不得啄木鸟和鹭鸶。没有动人的叫声，从早到晚都是粗浑单调的"咕咕咕——咕咕咕"的声音。它的巢也是我所见过的鸟窝中最简单最不成型的一种，简单到仅有可以数清的几十根柴枝，横竖搭置成一个浅浅的潦草的窝。小时候我站在树下，可以从窝的底部的缝隙透见窝里有几枚蛋。我曾经在六十年代的小学课文上看到过以斑鸠为题编写的课文，说斑鸠是最懒惰的鸟，懒得连窝也不认真搭建，冬天便冻死在这种既不遮风亦不挡雨的窝里。

然而，整个八十年代到九十年代初，我住在祖居的老屋读书写字，没有看见过一只斑鸠。尽管我搞不清斑鸠消亡的原因，却肯定不会是如童话所阐述的陋窝所致，倒是倾向于某种农药或化肥的种类性绝杀。这种普遍的毫不起眼的鸟儿的绝踪，没有引起任何村人的注意。我以为在家院的周围再也看不到斑鸠了。

斑鸠却在我重返家乡的第一个清晨出现了，就在我的房檐上。

我便轻手开门，怕惊吓了它。它还是飞走了。

初始，无论我怎样轻手蹑足开门走路，它一发现我从屋内走到院中，"扑棱"一声就从屋脊或围墙上起飞了，飞入高高的村树上去了。我仍然往小院里撒抛米谷。直到某一日，我开开门出来，两只斑鸠突然从院中飞起，落到房檐上，还在探头探脑瞅着院中尚未吃完的谷米。我的心里一动，它终于有胆子到院内落脚啄食了，这是一次突破性的进展。

我和斑鸠的关系获得令人振奋的突破之后，随之便是持久的停滞不前。斑鸠在房檐在房脊在院墙上栖息追逐，似乎已经放心无虞。然而有我在场的时候，它们绝不飞落到院里来啄食，无论我抛撒的米谷多么富于诱惑。有几次我从室内的窗玻璃前窥视到斑鸠在院中啄食米谷的情景，每当我出门，它们便惊慌地飞上房顶。这一刻，我清醒地意识到，它还不完全是我家的斑鸠。

要让斑鸠随心无虞地落到小院里，心里踏实地啄食，在我的眼下，在我的脚前，尚需一些时日。

我将等待。

2001 年 6 月

遇合燕子，还有麻雀

燕子来了。

刚一打开门，燕子就飞过来，"唧唧唧唧"吵叫着，在过庭的四周旋飞，自然是寻找可以筑巢的地方。有时候多到十余只，在前屋后屋的过庭和屋檐下旋转。整个屋院里，呈现熙熙攘攘热热闹闹的气氛。无论在南方或在北方，燕子都被平民视为吉祥的美和善的形象，也是春天的象征。尽管寒风依旧刺脸，尽管冰雪封冻枯草遍地，心里却已洋溢着春天的气息了。燕子都来了啊！

拒绝燕子，我便闭了前门，也关了后门，不许燕子到屋内筑巢。我十分喜欢这种洋溢着吉祥洋溢着善良的鸟儿，却又不得不硬着心肠拒绝它们进屋，确是无奈的事。

上世纪八十年代某一年，小燕子在我刚刚建成的前屋里寻觅栖息之地，最后选定了装着电灯开关的那个圆形木盒子，据此便衔泥筑窝。我和妻子和孩子都怀着一份欣喜，在新屋里添一对喜气洋洋的燕子，于心理上似乎平添了一份令人舒缓的吉祥气氛，都十分珍爱十分欢迎这一对客鸟。很短几天，小燕的窝巢极快地长高着，令我惊讶，曾戏谑简直是深圳速度啊！（那时候，深圳建筑业挣脱了中国建筑行当习以为常的慢腾腾，以几天建一层楼房的高速度震惊了中国，被誉为深圳速度，也成为中国经济改革的一个形象化的代名词。）我同时也发现了不妙：燕子用泥筑成大半的窝上，夹杂着一枝枝细长的草枝草叶，悬吊在空中，看上去乱糟糟脏兮兮的。印象中燕子是用纯粹的河泥造窝的，怎么会夹杂这么多草枝？问及村人，老者说，燕子有两种，一为瑚燕，用纯粹的河泥筑窝；一为草燕，用杂合着草枝草叶的河泥造窝。我才大开眼界，知道燕子中也有精致和粗糙的类别。

在我新屋里筑巢的这一对燕子，无疑是属于粗糙类的草燕一种了。但终归是燕子，粗糙就粗糙一点吧，我自己其实也不属于精致雅细之人，粗糙的人和粗糙的燕子正好合拍，正好可以为邻为伍，谁也不必嫌烦谁。到得这一对燕子夫妇开始轮换卧巢孵卵的时候，我又发现了不妙。墙上开始出现黑一道黄一道的排泄物。留心观察发现，卧巢孵蛋的燕子后急了，便把屁股撅出窝口，完了事又钻进窝去继续孵蛋，墙上就流下来一道儿秽物。我就觉得不能容忍，粗糙也不能粗糙到这种程度嘛！然而还是容忍了，主要是因为那窝里正在孵化的两枚蛋，说不定小燕就要破壳而出了呢。家人已多怨言，说没见过这样又懒又脏的燕子。怨归怨，嫌归嫌，只盼小燕尽早出窝离巢。

及至雏燕出壳，及至嫩雏逐渐长大羽丰，食量与日俱增，排泄量也同步增加，整个那一片墙壁，已经被燕粪涂抹得不堪入目，地上也落着脏物。每有客人来，迎面看见这幅景象，总是说把窝捣了，太不像样子了。我忍耐着那份惨不忍睹，承受着那份脏，直到发现雏燕已经出窝试飞，终于下了逐客令……因为实在无法辨别瑚燕和草燕儿，便闭了门，一律拒绝燕子进屋，有点因噎废食的简单。

拒绝燕子，另有一个更硬的原因。我一个人住在这个祖居老屋里，常有出门的时候，短则一日，长则十天半月，走了就得锁门，燕子苦心巴力筑巢育雏，都会前功尽弃，甚或虐杀幼雏。即使精致的瑚燕，也无法容留。然而心里确实期盼能有一对瑚燕为邻为友，每天"唧唧啾啾"呢喃着，添一分生气和祥和，真是令人喜出望外的事。早春时节去南方十天，回到原下老家时，我的第一发现，就是有燕子择定了居地。在前屋的后檐下，在那个粗大的挑梁和后墙构成的三角地带，有一个正在建筑着的燕窝。我一眼就看出来，那窝纯粹是用细腻的河泥垒堆的，一根一丝杂草也不见，据此可以断定属于精致的瑚燕窝。它选择的地方也太好不过，无论我在家或出外，都不妨碍它筑窝和将来育雏。

又是深圳速度。两只燕子轮番衔着泥回来，把泥团搭在茬口上，歪着小脑袋左按一下，右按一下，然后就飞走了。我很奇怪，一团一团的河泥里掺着细沙，本是很松散的，比普通黄泥的粘合力差得远了，怎么会粘结得牢靠？似乎村人说过，燕子嘴里自含胶。是说燕子的口腔里分泌一种可以使泥团增强粘结力的液体。无法验证，不得而知，反正那窝与日俱增着，速度极快。我在暗自庆幸遇合了这一对精致的瑚燕的愉快心境里，看着专心致志忙忙碌碌筑巢的燕子，常常浮出幼年的一幅难忘的情景来。

大约是我刚刚入学启蒙，还没有认下几个字的时候。某天放早学回家，看见父亲在后屋明间的脚地上锯一块小小的薄板，比我的课本大不出多少。我便问，锯这板干什么。父亲说给燕子架一个垒窝的台板。他说有一双燕子在屋梁上飞来飞去，有两三天了，估计找不到可以落泥垒窝的台板。叔父在一边不经意地说，等你给燕儿把台板架好了，它又不来了。父亲自顾自做着，在刨光的木板的一面，用毛笔写下四个大字，并问我，你都算是学生了，认不认得这几个字。我丝毫也不觉得难堪，因为父亲其实也明白我不可能认识这四个笔画很繁杂的汉字。他有点洋洋得意地念道：喜燕来朝。他继续以洋洋得意的口吻给我讲说，燕子是吉祥鸟，也是喜鸟善鸟，在谁家垒窝是喜事。我便问"朝"是什么意思。父亲嗯了一声，朝嘛也不敢说朝拜，咱是穷家百姓……叔父已经走开了。他几乎是个文盲，大约不屑看取父亲咬文嚼字的做派。然而父亲随之端来木梯，先在檩木上砸进两枚生铁方钉，再把木板架上去，又用细绳捆扎牢靠。我在梯子旁边瞅着"喜燕来朝"那四个悬在空中的毛笔字，积着灰尘结着隔年蛛网的老房旧梁，似乎顿然有了可期待的灵气了。母亲在催过我和父亲吃饭之后，随口说出几句关于燕子的歌谣：不吃你家米，不脏你家地，只借你家高房垒窝育儿女，也给你家添份喜……

我对燕子最初的认知和记忆，就是这天早晨留下的。父亲精心搭置的木板平台，真的招来了一对燕子。后来怎么垒窝、孵卵、育雏，年代久远，已不甚了了，只是清楚地记得，那对燕子不仅自己不在窝口拉屎，连它们孵出的雏燕的排泄物，也都转移到屋院以外的野地里去了。父亲说，燕子叼着虫回到窝喂小燕，出窝时就把小燕拉的屎叼走了，燕子这鸟比有些人还通灵性儿。这是事实，在写着"喜燕来朝"的木板上筑成的燕窝下面的脚地上，从来也没见过一次秽物，直到雏燕出窝。几十年后我才知晓，燕子中还有既脏地又脏墙令人生厌的草燕一类。据村人说，

现在的燕子比过去多多了，村里好多人家都有燕子垒窝，十之八九都是粗糙的草燕，弄得屋里脏兮兮的，又不忍心赶出门去。瑚燕已经少得不成比例，愈显得珍贵，也愈难遇合了。我多庆幸啊！

看着最后一团湿泥干涸，再不见有新的湿漉漉的河泥垒加，我就明白燕子的这个建筑物大功告成了。这是怎样奇妙的一幢鸟类的伟大建筑啊：贴着墙的一面逐渐悬吊下去，形成一个小小的兜儿，然后又缓缓地朝前往上垒上去。最后收成一个仅仅只容得燕子出入的小口。我便可以推想，那个悬吊在最下部的兜儿，肯定是为产卵设计的，卵不至于乱滚，雏燕藏在这个兜底儿，恰如一个四面设围的摇篮，避免了瞎滚瞎爬而掉出来摔死的危险。这个燕窝是倚托挑梁和墙壁平面屋檐的三角地带垒成的，根本没有用我父亲在屋梁上架设的木板作基础，也没有十余年前那对草燕在前屋电灯开关的木盒上垒窝的依托，难度就很大了。这是一个完全悬空的建筑。这是燕群里的一对建筑大师出神入化的杰作，令我叹为观止。可以断定，这是它们的父母无法教给它们的方法和技巧，也是无法从它们的同类那儿模仿的，因为根本不存在完全相同的垒窝筑巢的环境，一切都得依据具体环境提供的可能性，去构思去设计去施工。由此可以推想每一对燕子的每一次筑巢，都是一次重新开始的全新的创造，无法仿效同类，也无法重复自己。

我察觉新垒的燕窝呈现出一种谧静，只有一只燕子在屋院里偶尔掠过，估计这是那只公燕儿，母燕静卧新巢产卵了。我无意间也就放轻了脚步，出入后门走过头顶的那个神秘的燕窝时，自然生出一缕拘谨，生怕惊扰了它。想到再过一些时日，那神秘的窝巢里将会传出雏燕争食的声音，该是多么美妙哦！

外出一周回到原下，打开已经积尘的铁锁，首先想看一看前屋后檐下的燕窝，似乎没有任何动静。我便想到，可能正在产卵或孵卵哩，不到饿极或猴急，燕子是不会出窝的。几天过去了，我竟然没有发现燕子一次出入其巢，便有些疑惑，担心也就潜生了。后来就站在较远处的后屋前门口耐心等候，许久仍不见燕子出入的踪迹，倒是有两只甚至多只燕子出入前屋和后屋的大门，或在屋院上空旋飞，却不见进出窝口，这是怎么回事呢？又过了许多天，我终于断定，这个燕窝已是一个空巢，心里竟冷寂起来，猜想这对精心设计苦力构建了窝巢的燕子，不可能另择栖地重筑新巢，也不可能是被孩子虐杀，因为即使最捣蛋的孩子，也不会捉燕子的；我唯一能想到的是农药的绝杀。然而这个时节的乡村里，麦子已经接近成熟，早熟的水果都是不再施洒农药的。然而也不敢肯定，说不定什么人在菜园里喷了药汁……无论这种猜测的可靠性几何，结果却是不可改变的残酷，燕子确凿没有了，难得遇合的不脏我家地的瑚燕儿。

　　我的心里渐渐平复，在后屋里继续我写字或看书的事。某日中午，我撂下钢笔点燃一支卷烟，透过窗户玻璃无意朝前看去，看到一只麻雀从前屋后檐下飞出来，心里一惊，用水泥板构建的前屋后檐，没有任何鸟雀可以落脚的东西，这麻雀是不是从燕窝里飞出来的？我便走出后屋前门，站在台阶上想看个究竟。待了许久，再也看不到麻雀进出燕窝的奇迹发生，便想到刚才可能恰恰看见了一只从屋檐下掠过的麻雀，怪我多疑了，便又重新拾起钢笔。

　　当我再次点烟的时候，无意间又看见了从前屋后檐下飞出一只麻雀。这回我没有走出门去，就隐蔽在原位上隔着窗玻璃偷窥，果然，一只麻雀从屋檐上空折转下来，钻进那个燕窝里去了。我几乎脱口而出，雀占燕巢，千古奇观。随之就放声大笑了，笑得我都岔住气了。我读书读到有趣处时哑然失笑，是常有的事，有时候一个人走路想着某些滑稽可笑的事或人，也会暗自发笑。然而像这样的忍俊不禁的大笑，而且是我一个人独居着的偌大空寂的屋院，却是绝无仅有的事。真是不可思议！好你个麻雀兔崽子！任谁都知道鸠占鹊巢的故事，然而恐怕没有谁如我有幸亲眼目击雀占燕巢的滑稽了。那么精美的燕窝里，现在飞出来又钻进去的，竟然是土头灰脑的麻雀。乡村人惊奇这类不可思议的怪事时常说，奇哉怪哉，楸树上结串蒜薹。现在恰好可以套用乡村人的这个句式，奇哉怪哉，燕窝里飞出麻雀。我突然想到那位诡秘奇思的天才作家蒲松龄，编尽了天下妖魔鬼怪的奇事轶闻，怕是也想不到麻雀竟会占据燕巢。我听说过蛇和老鼠钻进燕窝偷食燕蛋的事，并不为奇，只觉得残忍。然而麻雀怎么可能欺侮燕子呢？

在鸟儿的王国里，有益鸟和害鸟之分，这是人类按鸟的习性对自身的利害而作出的划界。如果就鸟儿王国本身而言，有食肉类和以草虫为食物的区分。食肉一类的鸟如鹰、鸠、雕、鹞等，以捕杀各种鸟儿和小型动物营养自己，甚至凶残暴戾到敢于攻击人类，它们是鸟类王国里的侵略者。以各种植物的叶子和果实或小虫为食物的鸟儿，是鸟类王国里的"各民族人民大众"，在广阔的大地上寻觅自己喜好的嫩叶、种子和虫子，互不干扰互不威胁和平共处。鸠占鹊巢就是鸟类王国里恶对善的欺凌。鸠是嗜血成性的凶鸟，而鹊是被人作为报喜禳灾的喜鸟而钟爱的。我却突发奇想，鸠残忍地捕杀喜鹊一类善鸟可能是时时发生的事，而鸠霸占喜鹊窝巢的事恐怕谁也没有亲自目睹过。我见过无数的喜鹊窝巢，是鸟类中最不讲究最潦草的一种，用比较粗硬的树枝杂乱无章地搭压在一起，疏漏如同罗眼。这样的窝，鸠怕是看不到眼里的。鸠占鹊巢无非是寓示恶对善的欺凌，强武对弱势的霸道，没有谁去勘察鸠是否真的霸占过鹊的窝巢。

麻雀却霸占了燕子的窝巢，我已先睹为快。

麻雀在鸟类王国里，无疑属于弱势一族中的弱势，那么小的体形，对任何鸟儿都不会构成威胁。在人类的眼里，不该被视为与人争谷的害鸟而曾被动员起来的八亿人民（1958年全国人口）围歼，即使为其平反之后，人们也没有太在乎过它，小孩子们的弹弓首先瞄准的还是麻雀。这个被凶鸟欺压也被人类轻贱着的小小麻雀，却可以欺侮燕子。而燕子在人的眼里和心里，自古都是颇为高贵的可以享受"喜燕来朝"架板的贵宾。如果用人类拳击的规则来度量，麻雀和燕子属于同一个量级，大约都不过0.1公斤的体重吧。然而麻雀却可以以武力霸占燕巢，怕是燕子生性太善也太娇弱了……我这样推测。

我把这个类似"楸树上结了串蒜薹"的奇事讲给村里人，听者哈哈一笑便解谜了。村人说，麻雀根本不会和燕子动武。麻雀根本用不着和燕子动武。麻雀只要往燕子窝里钻一回，燕子就自动给麻雀把窝腾出来了。为啥？麻雀身上的臊气儿把燕子给熏跑了。燕子太讲究卫生了，闻不得麻雀的臊气。

哦！这又是我料想不到的学问，一个令我惊心的学问。

鸠以武力霸占鹊巢，如同人类历史中大大小小的臭名于世的侵略者，人们恐惧他们的暴力，却不奇怪他们曾经的出现和存在。然而麻雀呢？虽不具备如鸠一样的强力和嗜血成性的残暴，却可以用自身的腥臊气味把太过干净的燕子恶心一番，逼其自动出逃，达到如鸠一样霸占其巢的目的，而且不留鸠的恶。由此类推到自然界，如若蛆虫爬进了蚕箔，蚕肯定会窒息而死，其实蛆对蚕是不具备攻击力的。如若把一株臭蒿子栽到兰花盆里，后果将不言而喻。再推及到人类社会生活中的臭与香、丑与美、恶俗与雅、鸨婆与林黛玉、泼皮无赖和谦谦君子，其实是不必交手结局就分明了。

这倒成为我开心的一大景观。我站在台阶上抽烟，或坐在庭院里喝茶，抬头就能看见出出进进燕窝的麻雀的得意和滑稽，总忍不住想笑。起初，麻雀发现我站着或坐在院里，还在屋檐上或墙头上窥视，尚不敢放心大胆地进入燕窝，一旦我转身进屋，"哧溜"一声就钻进去了，还有点不好意思的心虚，显现出贼头贼脑的样子。时间一久，大约断定我其实并不介入它占燕巢的劣行，就变得无所顾忌的大胆了，无论我在屋里或檐下，它都自由出入于燕窝。我也就对麻雀吟诵：放心地在燕窝里孵蛋，再哺育小麻雀吧！毕竟也还是一种鸟！

又见鹭鸶

那是春天的一个惯常的傍晚，我沿着水边的沙滩漫不经意地悠步。旱草和水草都已经蓬勃起来，河川里满眼都是盎然生机，野艾苦蒿薄荷和鱼腥草的气味混和着弥漫在空气里，风轻柔而又湿润。在桌椅间窝蜷了一天的四肢和绷紧的神经，渐渐舒展开来松弛开来。

绕过一道河石垒堆的防洪坝，我突然瞅见了鹭鸶，两只，当下竟不敢再挪动一步，生怕冲撞了它们惊飞了它们，便蹑手蹑脚悄悄在沙地上坐下来，压抑着冲到唇边的惊叹，哦！鹭鸶又飞回来了！

在顺流而下大约三十米处，河水从那儿朝南拐了个大弯儿，弯儿拐得不急不直随心所欲，便拐出一大片生动的绿洲，靠近水流的沙滩上水草尤其茂密。两只雪白的鹭鸶就在那个弯头上踯躅，在那一片生机盎然的绿草中悠然漫步；曲线优美到无与伦比的脖颈迅捷地探入水中，倏忽又在草丛里扬起头来；两只峭拔的长腿淹没在水里，举止移步悠然雅然；一会儿此前彼后，此左彼右，一会儿又此后彼前此右彼左；断定是一对儿没有雄尊雌卑或阴盛阳衰的纯粹感情维系的平等夫妻……

于是，小河的这一方便呈现出别开生面令人陶醉的风景，清澈透碧的河水哗哗吟唱着在河滩里蜿蜒，两个穿着艳丽的女子在对岸的水边倚石搓洗衣裳，三头紫红毛色的牛和一头乳毛嫩黄的牛犊在沙滩草地上吃草，三个放牛娃三对角坐在草地上玩扑克，蓝天上只有一缕游丝似的白云凝而不动，落日正渲染出即将告别时的热烈和辉煌……这些时常见惯的景致，全都因为一双鹭鸶的出现而生动起来。

不见鹭鸶，少说也有二十多年了。小时候在河里耍水在河边割草，鹭鸶就在头前或身后的浅水里，有时竟在草笼旁边停立；上学和放学涉过河水时，鹭鸶在头顶翩翩飞翔，我曾经妄想把一只鸽哨儿戴到它的尾毛上；大了时在稻田里插秧或是给稻畦里放水，鹭鸶又在稻田圪梁上悠然踱步，丝毫也不戒备我手中的铁锨……难以泯灭的永远鲜活的鹭鸶的倩影，现在就从心里扑飞出来，化成活泼的生灵在眼前的河湾里。

至今我也搞不清鹭鸶突然离去突然绝迹的因由，鸟类神秘的生活习性和生存选择难以揣摸。岂止鹭鸶这样的小河流域鸟类中的贵族，乡民们视作报喜的喜鹊也绝迹了，张着大翅膀盘旋在村庄上空窥伺母鸡的恶老鹰彻底销声匿迹了，连丑陋不堪猥琐笨拙的斑鸠也再不复现了，甚至连飞起来遮天蔽日的丧婆儿黑乌鸦都见不着一只，只有麻雀种族旺盛，村庄和田野处处都只能听到麻雀的叽叽喳喳。到底发生了什么灾变？使鸟类王国土崩瓦解灭族灭种留下一片大地静悄悄。

单说鹭鸶。许是水流逐年衰枯稻田消失绿地锐减，这鸟儿瞧不上越来越僵硬的小河川道了？许是乡民滥施化肥农药污染了流水也污浊了空气，鹭鸶感到窒息而逃逸了？许是沿河两岸频频敲打的庆贺"指示"发表的锣鼓和震天撼地的炮铳，使这喜欢悠闲的贵族阶级心惊肉跳恐惧不安，抑或是不屑于这一方地域上人类的愚蠢可笑拂尾而去？许是那些隐蔽在树后的猎手暗施的冷枪，击中了鹭鸶夫妻双方中的雌的或雄的，剩下的一个鳏夫或寡妇悲怆遁逃？

又见鹭鸶！又见鹭鸶！

落日已尽红霞隐退暮霭渐合。两只鹭鸶悠然腾起，翩然闪动着洁白的翅膀逐渐升高，没有顺河而下也没见逆流而上，偏是掠过小河朝北岸树木葱茏的村庄飞去了。我顿然悟觉，鹭鸶原是在村庄里的大树上筑巢育雏的。我的小学校所在的村庄面临河岸的一片白杨林子里，枝枝杈杈间竟有二十多个鹭鸶搭筑的窝巢，乡民们无论男女无论老幼引为荣耀视为吉祥。一只刚刚生出羽毛的雏儿掉到地上，竟然惊动了整个村庄的男女老少，议着公推一位爬树利落的姑娘把它送回窝儿里。更不必担心伤害鹭鸶的事了，那是被视为作孽短寿的事。鹭鸶和人类同居一处无疑是一种天然和谐，是鸟类对人类善良天性的信赖和依傍。这两只鹭鸶飞到北岸的哪个村庄里去了呢？在谁家门前或屋后的树上筑巢育雏呢？谁家有幸得此吉兆得此可贵的信赖情愫呢？

我便天天傍晚到河湾里来，等待鹭鸶。连续五六天，不见踪影，我才发现没有鹭鸶的小河黯然失色。我明白自己实际是在重演那个可笑的"守株待兔"的寓言故事，然而还是忍不住要来。鹭鸶的倩影太富于诱惑了。那姿容端庄的是一种仙骨神韵，一种优雅一种大度一种自然；起飞时悠然翩然，落水时也悠然翩然，看不出得意时的昂扬恣肆，也看不出失意下的气急败坏；即使在水里啄食小虫小虾青叶草芽儿，也不似鸡们鸭们雀们饿不及待的贪馋和贪婪相。二三十年不见鹭鸶，早已不存再见的企冀和奢望，一见便不能抑止和罢休。我随之改变守候而为寻找，隔天沿着河流朝下，隔天又溯流而上，竟是一周的寻寻觅觅而终不得见。

我又决定改变寻找的时间，宁可舍弃了一个美好的出活儿的早晨，在晨曦中沿着河水朝上走。大约走出五华里路程，河川骤然开阔起来，河对岸有一大片齐肩高的芦苇，临着流水的芦苇幼林边，那两只鹭鸶正在悠然漫步，刚出山顶的霞光把白色的羽毛染成霓虹。

哦！鹭鸶还在这小河川道里。

哦！鹭鸶对人类的信赖毕竟是可以重新建立的。

我在一块河石上悄然坐下来，隔水眺望那一对圣物，心头便涌出一首脍炙人口的诗歌来：

> 蒹葭苍苍
>
> 白露为霜
>
> 所谓伊人
>
> 在水一方

回家折枣

　　在巷子的水果摊上看到红枣摆上来，自然想到又到枣月了，也自然想到该回家折枣了。妻子肯定也知道了枣子开始上市，催促我说，抽空回家折枣。在关中乡村，一般不说摘字，凡用摘字的地方，大多数时候用折，譬如折豆荚，折桑叶，折棉花等，摘一切水果都说折。

　　"在我的后园，可以看见墙外有两株树，一株是枣树，还有一株也是枣树。"这是鲁迅《秋夜》开篇的绝句。我已记不得什么年纪读的，却记得是一遍成诵，自此便把一缕无尽的意味绵延到现在，也把一种文字的魅力绵延到现在。在我的前院中院和后院，栽了七八种树，有南方和北方的两种白玉兰，粉红色的紫薇，黄色的腊梅，紫荆花树有红白两株，石榴树，火晶柿子树，还有三株枣树，都是我十余年间先后栽植的。几种花树依着各自的习性在不同季节开花，柿树和枣树也都挂果。每当花开或果熟时月，得空回到原下老屋小院，或尝花闻香，或攀枝折果，都是一种难以表达的清爽和愉悦。今天又要回家折枣了。虽然都是面对自家院子里的枣树，我已很难体验先生在"风雨如磐"的"秋夜"里的那种忧思的情境了。

正是秋高气爽的好季节。树依旧很绿。天空是少见的澄澈和透碧。可以看到远方影影绰绰起伏着的秦岭的轮廓。左首的北岭和右首的南原沉静地摆列在两边，清晰透彻，不时现出掩蔽在村树里的一角红瓦屋脊或一方净白的檐墙。路两边的樱桃园里显示着收获过的败落和冷寂。这条在我生活历程中走得最多也最熟悉的回家的土路，却从来都不曾发生熟悉里的厌倦，视力触摸到任何一个角落，都会在昨天的记忆里泛出新鲜的差异性意味来，夏收后泛着白光的麦茬地，采摘樱桃时不慎攀折断了的枝条，从路边野草丛中突然蹿飞的野鸡，都会把我在城市楼房里的所有思绪排解到一丝不剩，还有乡野的风对城市的污染空气的排除与置换。

进得我原下的村子，再踏进村子里我祖居的院子，先来到柿树下，缀满枝头的柿子，深绿渐变为浅绿，尚不到成熟的时月，似乎比往年结得稀。穿过前屋到了中院，扑面而来就是满树的枣子了。今年的枣子结得顶繁了，细软的枝条不堪负重，一条一条垂吊下来，像母亲过去挂在明柱上的蒜辫儿。且不说品尝吧，单是看见这缀满枝条的枣子，就令当初栽树的我有一种实现期待收获果实的无以名状的舒悦和幸福了。枣子已从绿色蜕变出鲜亮的乳白，果皮上有一坨一丝紫红色，尚未熟透到通体变成红色，完全可以折来品尝了。这种枣子比红透的枣子更脆更甜更有水津味儿。东墙根下一株，西墙根下两株，都把蒜瓣似的枣子展现在我的眼前，一派来自土地结晶而成的鲜活，一派无遮无喧亦无言的丰盛，真是让种植它的我感受体验到无与伦比的欢欣了。亲友已搬来梯子。我听到一声吃枣子的咔嚓的脆响，还有对枣子美味的欢叫声。

大约七八年前，我在早春的时候回家，路过一个业已城市化了的乡村，正逢着传统的庙会，顺便到会场去溜达，到处都摆着乡村人生产和生活的用品，庙会已无庙无神可敬，纯粹变成商品交易市场了。到处都摆着树苗，北方乡村适宜种植的柴树果树和花树秧子，成捆成捆堆放在路边，我总是忍不住在那些有树秧的摊儿前驻足停步；总是在抚摸那些树秧嫩杆的时候忍不住心动，绝不弱于面对稿纸拔开笔帽时的冲动和激情。也许是自小跟着喜欢栽树的父亲受到的影响，也许是应了一个乡村"半迷儿"卦人给我算就的木命，我确凿爱栽树。和我一起溜达的妻子更喜欢那些民间编织的生活用品，装馍用的竹篮和装筷子的箸笼儿，还有装提水果的竹编长条笼。她不时搋我并提醒我，不要再买任何树苗了，屋前院内再找不到栽树的空地了。其实我心里也明白，能容得我栽树的地皮，只有老家庄前屋后和小院里那几分庄基地了，早被我栽得满满当当的了。不经意间，碰见一位老相识，他也曾弄过文学，却仍然在乡间种地，还在业余写着剧本。我看见他就有说不出口的话，城里有十余家专业剧团，或排场或别致的舞台整年都凉着，一年也敲响不了几回梆子锣钹，你把剧本写给鬼演呀！他的架子车厢里放着一捆打开的枣树秧子，是他培育的一种新品种，比普通枣子个儿大，味更脆更甜，名曰梨枣，却与梨不相干。他卖得很好，满满一车只剩下半捆了。他一边给我说他正在写作的剧本，一边往我手里塞枣树秧子。他知道我乡下有屋院。再三谢辞不掉，我便拿了三株梨枣回家，下决心把中院一株老品种的樱桃和一株太泼也太占地盘的花树挖掉，给这三株枣树腾出空位。令人惊诧的是，这枣树一年就长到齐墙头高了。直到这枣树秧委实出脱成茁壮的枣树，而且挂了果，赠我枣树的朋友打电话说，他的剧本早已写完，请几位高手名家看过，都在说写得不错的同时，也都说着遗憾。不是剧本能不能排，而是专业剧团根本就不排戏演戏。他问我能不能帮忙想点办法。我不仅没有办法可支，连安慰他的话都说不出口。

到新世纪到来时，我终于下决心回到乡下久别的老宅新屋住下了。枣树是我的院子里最晚发芽的树。当那嫩芽在日出日落的日子里蓬勃出鲜绿的叶子，我发现了短短的叶柄根下的花蕾，不过小米粒大小，绣成一堆。我在那个早晨的心情顿然变得出奇的好。每天早晨起来，我都忍不住到枣树下站一会儿，看那小米粒似的花蕾的动静。直到有一天早晨，我刚走到屋檐下，便闻到一缕奇异的香气儿，凭直觉就判断出枣花开了。小米粒似的花苞绽放开来的花儿自然不起眼，比小米的黄色浅些，接近于白色，香味却很浓郁，枝条上稀稀拉拉的枣花，却使整个小院都弥漫着清香。蜜蜂先我绕着枣树飞舞了。枣花蜜是蜂蜜中的上品。

眼看着那枯萎的枣花里挣出一只枣子来，恰如刚落生的婴儿，似乎可以听到那进入天地之间的啼哭。小米粒大的枣子，似乎一夜或两夜之间就长到扁豆粒大了，豌豆粒大了，花生粒大了，最后就定格在乒乓球那般大小了，个别枣子竟然有柴鸡蛋的个头。在桌子前在椅子上坐得久了，无论读着什么或写着什么，走出屋子走到枣树下，看着隐蔽在枝杈叶丛里的青枣，那正在你眼皮下丰满和长大的果实，一种蓬勃的生命的活力便向人洋溢着。枣子青绿的颜色，在我日复一日的注视下，渐渐淡了，泛出乳白色了，又浮出一丝一坨的紫红，它成熟了。我折下最先显出红色的一颗，咬了一口，便确信是我有生以来吃到的最好一颗枣子了。这枣子皮薄肉细，又脆，满口竟有一股蜂蜜味儿。我便不忍心再吃第二颗，给家人品尝，也给那些从城里跑到乡下来找我的朋友享一回口福，让他们知道还有这样好吃的枣子。我给他们宣布政策，每人只能品尝一颗。无论年青朋友，无论德高望重的老教授，都是咬下一口便禁不住声地赞叹起来。我便相信我的口感不沾连栽种者的偏爱因素，也毫不动摇地拒绝要吃第二颗的申求 —— 总共大约只结了六七十颗，该当让更多的远道来客添一份情趣……后来几年的枣子，结得多了繁了，味道却大不如头一年。今年是前所未有的丰年，味道更差了，有点干巴。我心知肚明，肯定是干旱造成的。没有办法，我住了两年又离开原下的院子，一年回不来几回，枣子在每年伏天的旱季能保存不落，已属幸事了。

我已经不太在意枣子的多少和品味的差别了。我只寻找折枣的过程。常常庆幸得意我尚有一坨可以栽植枣树的院子，以及折枣折柿子的机会。这心理往往是瞅见城里人悬在空中阳台上盆栽的花草而生发的。他们已无可以栽一株树或一窝花的土地，只能栽在盆里悬在楼房的阳台上。我在被晒得烫烧脚心的水泥路和被油气污染的空气里憋得透不过气时，得空逃回乡下的屋院，拔除院子疯长的草，为柴树花树和果树浇一桶水，在树荫里在屋檐下喝一瓶啤酒，与乡党说几句家长里短的话，尤其是回来折一回枣儿，心里顿然就净泊下来了。

今年回了家，折了一回枣。

明年还回家折枣。

父亲的树

　　又有两个多月没有回原下的老家了。离城不过五十华里的路程，不足一小时的行车时间，想回一趟家，往往要超过月里四十的时日，想来也为自己都记不清的烦乱事而丧气。终于有了回家的机会，也有了回家的轻松，更兼着昨夜一阵小雨，把燥热浮尘洗净，也把心头的腻洗去。

　　进门放下挎包，先蹲到院子拔草。这是我近年间每次回到原下老家必修的功课。或者说，每次回家事由里不可或缺的一条，春天夏天拔除院子里的杂草，给自栽的枣树柿树和花草浇水；秋末扫落叶，冬天铲除积雪，每一回都弄得满身汗水灰尘，手染满草的绿汁。温习少年时期割草以及后来从事农活儿的感受，常常获得一种单纯和坦然，甚至连肢体的困倦都是别一番滋味的舒悦。

　　前院的草已铺盖了砖地，无疑都是从砖缝里冒出来的。

两月前回家已拔得干干净净，现在又罩满了，有叶子宽大的草，有杆子颇高的草，有顺地扯蔓的草，吓得孙子旦旦不敢下脚，只怕有蛇。他生在城里，至今尚未见过在乡村土地上爬行的蛇，只是在电视上看过。他已经吓得这个样子，却不断问我打过蛇没有，被蛇咬过没有。乡村里比他小的孩子，恐怕没有谁没见过蛇的，更不会有这样可笑的问题。我的哥哥进门来，也顺势蹲下拔草，和我间间断断说着家里无关紧要的话。我们兄弟向来就是这样，见面没有夸张的语言行为，也没有亲热的动作，平平淡淡里甚至会让生人产生其他猜想，其实大半生里连一句伤害的话从来都没有说过，更谈不到脸红脖子粗的事了。世间兄弟姊妹有种种相处的方式，我们却是于不自觉里形成这种习惯性的状态。说话间不觉拔完了草，堆起偌大一堆，我用竹笼纳了五笼，倒在门前的场塄下，之后便坐在雨篷下说闲话，懒得烧水，幸好还有几瓶啤酒，当着茶饮，想到什么人什么事，有一搭没一搭地聊着。还有一位村子里的兄弟，也在一起喝着扯着闲话。从雨篷下透过围墙上方往外望去，大门外场塄上的椿树直撑到天空。记不清谁先说到这棵树，是说这椿树当属村子里现存的少数几棵最大的树，却引发了我的记忆，当即脱口而出，这是咱伯栽的树。这话既是对哥说的，也是对那位弟说的。按当地习俗，兄弟多的家族，同一辈分的老大，被下辈的儿女称伯，老二被称爸，老三老四等被称大。有的同一门族的人丁超常兴旺，竟有大伯二伯三伯大爸二爸三爸和大二大三大八大的排列。这里的乡俗很不一般，对长辈的称呼只有一个字，伯、爸、大、叔、妈、娘、姨、舅、爷等，绝对没有伯伯、爸爸、大大、妈妈、娘娘、姨姨、爷爷、舅舅等的重复啰唆……我至今也仍然按家乡习惯称父亲为伯。父亲在他那一辈本门三兄弟里为老大，我和同辈兄弟姐妹都叫一个字：伯。如此说来，这文章的标题该当是：伯的树。

我便说起这棵椿树的由来。大约是"三年困难"最困难的一九六〇或是一九六一年，我正上高中，周日回到家，父亲在生产队出早工回来，肩上扛着镢头，手里攥着一株小树苗。我在门口看见，搭眼就认出是一株椿树苗子。坡地里这种野生的椿树苗子到处都有，那是椿树结的荚角随风飘落，在有水分的土壤里萌芽生根，一年就可以长到半人高的树秧子。这种树秧如长在梯田塄坎的草丛中，又有幸不被砍去当柴烧，就可能长成一棵大椿树；如若生长在坡地梯田里，肯定会被连根挖除晒干当作好柴火，怕其占地影响麦子生长。父亲手里攥着的这根椿树苗子是一个幸运者，它遇到父亲，不是被扔在门前的场地上晒干了当柴烧，而是要郑重地栽植，正经当作一棵望其成材的树了，进入郑重的保护禁区了；也自这一刻起，它虽是普通不过平凡不过的一种树，却已经有主了，就是父亲。父亲给我吩咐，你去担水。他说着就在我家门前的场塄边上挖坑。树只是个秧儿，无需大坑，三镢头两铁锨就已告成，我也就没有要替父亲动手，而是按他的指令去担水。那时候我们村里吃的是泉水，从村子背后的白鹿原北坡的东沟流下来，清凌凌的，干净无染。泉水在村子最东头，我家在村子顶西边，我挑一回水，最快也需半小时。待我挑水回来，父亲早已挖好坑儿，坐在场塄边儿上抽旱烟。他把树苗置入一个在我看来过大的土坑里。我用铁锨铲土填进坑里，他把虚土踩踏一遍，让我再填，他再踩踏。他教我在土坑外沿围一圈高出地面的土梁，再倒进水去。我遵嘱一一做好，看着土坑里的水一层一层低下去，渗入新填的新鲜土坑里，成活肯定是毫无一丝疑义。父亲又指示我，用酸枣刺棵子顺着那个小坑围成一圈栽起来，再用铁丝围拢固定，恰如篱笆，保护小椿树秧子，防止猪拱牛抵羊啃娃娃掐折。我从场边的柴堆上挑选出一根一根较高的业已晒干的酸枣棵子（这是父亲平时挖坡顺手捡回来的），做着这项防护措施。父亲坐在地上抽烟，看着我做。我却想到，现在属于父亲领地的，除了住房的庄基，就是这块附属于庄基地门前的这一小片场地了，充其量有二厘地。下了这个场塄，就是统归集体的土地了。父亲要在他可以自主掌控的二厘场地上，栽种一棵椿树。

我对父亲的一个尤为突出的记忆，就是他一生爱栽树。他是个农民，种玉米种麦子务弄棉花是他的本职主业，自不必说，而业余爱好就是栽树。我家在河川的几块水地，地头的水渠沿上都长着一排小叶杨树。水渠里大半年都流淌着从灞河里引来的自流水，杨树柳树得了沃土好水的滋养，迎着风如手提般长粗长高。随意从杨树或柳树上折一根枝条，插到渠沿的湿泥里，当年就长得冒过人头了，正如民间说的"三年一根椽，五年长成檩"的速度。上世纪五十年代中期以前，我的父亲就指靠着他在地头渠沿培植的这些杨树，供给先后考上高小和初中的哥和我的学杂费用。那时的小学高年级，我都是住宿搭灶的学生。父亲把杨树齐根斫下来，卖了椽子，大约七八毛钱一根，再把树根刨出来，剁成小块，晒干，用两只大老笼装了，挑过灞河，到对岸的油坊镇上去卖，每百斤可卖一块至一块两毛钱。我至死都不会忘记五十年代中期的这两项货物——椽子和木柴的市场价格。无需解释原因，它关涉我能否在高小和初中的课堂上继续坐下去。父亲在斫了树干刨了树根的渠沿上，当即就会移栽或插下新的杨树秧或树枝，期待三年后斫下一根椽子卖钱。父亲卖椽卖柴供两个儿子念书的举动无意间传开，竟成为影响范围很宽的事。直到现在，我偶尔遇到一些同里乡党，见面还要感叹几句我父亲当年的这种劳动，甚至说"你伯总算没有白卖树卖柴"的话。不久，农村实行合作化以后，土地归集体，父亲也无树根可刨了。我就是在那一年休了学，初中刚念了一个学期。不过，我那时并不以为休学有多么严重，不过晚一年毕业而已，比起班上有些结婚和得了儿女的同学，我是年龄最小的一个。这是解放后才获得念书机会的乡村学生的真实情况，结婚和生孩子做父母的初一学生每个班都有几个，不足为奇。

我在每个夏天的周日从学校回到家中，便要给父亲的那棵椿树秧子浇一桶水。这树秧长得很好，新发出的嫩枝竟然比原来的杆子还粗，肯定是水肥充足的缘由。某一个周六下午我回家走到门口，一眼望见椿树苗新冒出的嫩枝折断了头，不禁一惊，有一种心疼的惋惜，猜想是被谁撞折了，或被哪个孩子招折了。晚上父亲收工回来吃晚饭时，说是一个七八岁的骚娃（调皮捣蛋的娃）用弹弓折断的。父亲说，娃嘛！就是个骚娃喀，用弹弓耍哩瞄准哩，也不好说他啥。后来就在断折处，从东西两边发出两枝新芽来，渐渐长起来。我曾建议父亲，小树不该过早分杈，应该去掉一枝，留下一枝才能长高长直。父亲说，先不急，都让长着，万一哪个骚娃再折掉一枝，还有一枝。父亲给骚娃们留下了再破坏的余地，我就不仅仅是听从了，还有某点感动。再说这椿树秧子刚冒出来便遭拦头折断的打击，似乎憋了气，硬是非要长出一番模样来，从侧旁发出的两根新芽更见茁壮，眼见着拔高，竞相比赛一般生机勃勃。父亲怕那细杆负载不起茂盛的叶子，一旦刮风就可能折断，便给树干捆绑一根立杆，帮扶着它撑立不倒不折。这椿树便站立住了。无意间几年过去，我高考名落孙山回乡当了民办教师，为生活为前程多所波折，似乎也不太在意它了，这椿树已长得小碗粗了。小碗粗的椿树已经在天空展开枝权和伞状的树冠，却仍然是两根分枝，父亲竟没有除掉任何一根，他说越长越不忍心砍那多余的一根分枝了，就任其自由生长。这椿树得了父亲的宽容和心软，双枝分权的形态就保持下来，直到现在都合抱不拢的大树，依然是对称平衡的双枝撑立在天空，成为一道风景，甚至成为一种标志。有找我的人向村人问路，最明了的回答就是，门口场塄有一棵双权椿树。

到八十年代初始，生活已发生巨大转机，吃饱穿暖已不再成为一个问题的好光景到来时，我已筹备拆掉老朽不堪的旧房换盖新房了，不料父亲发生了绝症。他似乎在交待后事，对我说，场塄上那棵椿树，可以伐倒做门窗料。

我知道椿树性硬却也质脆，不宜做檩当梁，做门窗或桌椅却是上好木材。父亲感慨说，我栽了一辈子树，一根椽子都没给自家房子用过，都卖给旁人盖房子了，把这椿树伐下来，给咱的新房用上一回。我听了竟说不出话，喉头发哽。缓解一阵后，我对父亲说，门窗料我会想办法购买（那时木材属统购物资），让椿树长着。我说不出口的一句话是，父亲留给我的活物，就只剩下这一棵椿树了。不久，父亲去世了，椿树依然蓬勃在门外的场塄上。八十年代初，我随之获得专业写作的机会，索性回到原下老家图得清静，读书写作，还住在遇到阴雨便摆满盆盆罐罐接漏的老屋里，还继续筹备盖房。某一天，有两三个生人到村子里来寻买合适的树，一眼便瞅中了我父亲的这棵椿树，向村人打听树的主人。村人告诉说，那主家自己准备盖房都舍不得伐它，你恐怕也难买到手。买家说可以多掏一些钱，随之找到我，说椿树做家具是好材料，盖房未必好，可以多给一些钱，让我去选购枕木这些上好的盖房材料，并说明他们是做家具卖的生意人。我自然谢绝了。这是绝无商议余地的事。我即使再不济，也不能把父亲留给我的最后一棵树砍了。这椿树就一直长着，直到现在。每隔一段时日抽空回到老家，到门口第一眼看到的就是这棵椿树，父亲就站在我的眼前，树下或门口；我便没有任何孤独空虚，没有任何烦恼，没有任何腌臜的事能够把人腻死……

我和我哥坐在雨篷下聊着这棵椿树的由来。他那时候在青海工作，尚不清楚我帮父亲栽树的过程。他在"大跃进"的头一年应招到青海去了，高中只学了一年就等不得毕业了，想参加工作挣钱了。其实，还是父亲在这时候供给着两个中学生，可以想见其艰难。我是依靠着每月八元的助学金在读书，成为我一生铭记国家恩情的事。"大跃进"很快转变为灾难，青海兴建的厂矿和学校纷纷下马关门，哥和许多陕西青年一样无可选择又回到老家来，生产队新添一个社员。哥听了我的介绍，却纠正我说，这椿树还不是最老的树，父亲栽的最老的要算上场里地角边的皂荚树。那是刚刚解放的五十年代初，我们家诸事不顺，我身后的两三个弟妹早夭，有一个刚生下六天得一种"四六风症"死去，有一个妹妹和一个弟弟都长到三四岁了，先后都夭亡了。家养一头黄牛，也在一场畜类流行瘟疫里死了。父亲惶恐里请来一位阴阳先生，看看哪儿出了毛病。那阴阳先生果然神奇，说你家上场祖坟那块地的西北角太空了，空了就聚不住"气"，邪气就乘虚而入了。父亲吓得不知如何是好，急问如何应对如何弥补。阴阳先生说，栽一棵皂荚树。并且解释，皂荚树的皂荚可以除污去垢，而且树身上长满一串串又粗又硬的尖刺，更可以当守护坟园的卫士。父亲满心诚服，到半坡的亲戚家挖来一株皂荚树秧子，栽到上场祖坟那块地的西北角上，成活了也长大了，每年都结着迎风撞响的皂角儿。这皂荚树其实弥补得了多少空缺是很难说的，因为后来家里也还出过几次病灾，任谁都不会再和阴阳先生去验证较真了。这儿却留下一棵皂荚树，父亲的树，至今还长着，仍然是一年一树繁密的皂角，却无人摘折了，农民已经不用皂角洗涤衣服，早已用上肥皂洗衣粉之类。哥说了父亲的这棵皂荚树，我隐约有印象，不如他清楚，我那时不太在心，也太小。现在，在祖居的宅院里，两个年过花甲的兄弟，坐在雨篷下，不说官场商场，不议谁肥谁瘦，也不涉水涨潮落，却于无意中很自然地说起父亲的两棵树。父亲去世已经整整二十五年，他经手盖的厦屋和他承继的祖宗的老房都因朽木蚀瓦而难以为继，被我拆掉换盖成水泥楼板结构的新房了，只留下他亲手栽的两棵树还生机勃勃，一棵满枝尖锐硬刺儿的皂荚树，守护着祖宗的坟墓陵园；一棵期望成材作门窗的椿树，成为一种心灵感应的象征，撑立在家院门口，也撑立在儿子们心里。

每到农历六月，麦收之后的暑天酷热，这椿树便放出一种令人停留贪吸的清香花味，满枝上都绣集着一团团比米粒稍大的白花儿，招得半天蜜蜂，从清早直到天黑都嗡嗡嘤嘤的一片蜂鸣，把一片祥和轻柔的吟唱撒向村庄，也把清香的花味弥漫到整个村庄的街道和屋院。每年都在有机缘回老家时闻到椿树花开的清香，陶醉一番，回味一回，温习一回父亲。今年却因这事那事把花期错过了，便想，明年一定要赶在椿树花开的时日回到原下，弥补今年的亏空和缺欠。那是父亲留给这个世界也留给我的椿树，以及花的清香。

原上少年

◆

第三辑

路上的风景

鲁镇纪行

百草园的月色

从上海到绍兴，经过八九个钟头的长途旅行，傍晚到达。安顿了下榻的处所，匆匆吃罢晚饭，赶到鲁迅先生的故园去观瞻，天色已经完全黑下来了。

一条宽阔的水泥铺就的街道，两排树荫浓密的法桐，这是"鲁迅路"。以先生名字命名的街道，路灯的亮光和两边大小铺栈的窗户的灯光交相辉映。

一方黑色的木板门，已经关死，没有门楼，似乎也没有什么装饰，仅仅就是在砖墙上安着这样一方黑色的木板门，这就是鲁迅先生世代的故居了。中国现代的思想和艺术的巨人，就在这窄窄的门洞里面诞生。

宅院狭窄、颇深，门房，过庭，天井，先生住屋，鲁母住屋，再后边是闰土父亲在鲁家帮工时的住屋，屋里有一个捣米的石臼。

后院里，就是那个被先生浓笔重彩描绘过的百草园了。

灰蓝色的天幕上，有一弯细细的金钩似的月亮，洒下一片朦胧的月光。一株高大的树干，浓密的枝叶，辨不清是"高大的皂荚树"，还是缀满"紫红桑葚"的桑树。草园里的花草，也辨不清哪儿是"碧绿的菜畦"，哪儿有"何首乌藤和木莲藤缠络着"的情态，更难以摘食"覆盆子"那"又酸又甜"的"像小珊瑚珠"一样的果实了。

月色朦胧。我们这一帮从南方和北方聚拢到一起的先生的学生，现在都散立在月色朦胧的百草园里的草地上，听一位据说是鲁（周）家同族后裔的中年人介绍这座故园的今昔。他说一口绍兴的地方话，真是叫北方人大惑莫解，几乎一个字也听不懂。朦朦胧胧的百草园，朦朦胧胧的树，朦朦胧胧的花草，朦朦胧胧的鲁镇的地方语言……

既然听不懂，我索性不听了，一个人到园子里去转悠。我心里似乎并不迫切要求听到介绍的话，只是想到这儿来走一走，看一看，站那么一会儿，有一次心理感受就满足了。

是啊，百草园，我早就熟悉了，早就背熟了《从百草园到三味书屋》的散文，也就熟知这儿的一切了。"鸣蝉在树叶里长吟，肥胖的黄蜂伏在菜花上，轻捷的叫天子

（云雀）忽然从草间直窜向云霄里去了。"在我心中印下的这幅动人的百草园的图画，掐指已近三十年了，今天晚上才得以漫步其境了。

时值初夏，夜气温爽，听不到蝉鸣，也听不见蟋蟀的叫声。我漫步在草地上，自然地记起学习这篇课文时的情景。

语文老师是一位刚从大学中文系毕业的青年，热情极高，甘肃人，一口南腔北调的普通话，却把课文朗诵得十分动人……我一边听着老师领读，脑子里却展开另一幅图画：刚刚收割过麦子的南坡上，田块层叠的坡地上，麦茬儿闪闪发亮，塄坎上和坟丘里，野蔷薇红的和白的花儿开得一片灿烂，野葡萄藤蔓一直攀缘到枸树梢上去，酸枣棵子是山坡上最大的家族，那翡翠般的绿色或紫色的蚂蚱，总是藏躲在酸枣棵子最稠密的枝杈里。我和小伙伴们，头顶艳阳，脚踩枣刺，整晌整晌地捕捉那可爱的生灵儿，忘了吃饭，忘了时辰，直到渴得舌头搅不动，头上无汗可流，也顾不得到沟底去喝一口泉水……我从来没有想到过这些生活如此富于意趣。

而当我从乡野跑到城市，坐在高楼明亮的教室里，听陇音普通话朗诵"百草园"的时候，才一下子戳开了记忆的窗户，唤起对我的百草园——黄土高原之中的南坡——

无限丰富有趣的依恋。

读先生的这篇课文的时候，尚在我的少年时期，人生的那个充满幼稚心理的时期，是极易与这篇文章的感情相吻合的。

当我漫步在向往了近三十年的百草园中时，已经是个顶透而须密的中年人了，而心境却一下子回返到了童年……

哦！我的向往中的南国的先生的百草园！

哦！我的遥远的北方家乡的黄土高原之中的南坡……

在"咸亨酒店"

上午游览了东湖，下午又要到王羲之作《兰亭序》的地方去，明天一早就要返回上海了；东湖的山光水色令人赏心悦目，兰亭的幽雅景致也叫人神往。可是，没有到孔乙己曾经喝酒吃茴香豆儿的"咸亨酒店"光顾一番，怎么能算真正到过鲁镇呢？

午休时间，几位朋友相邀，正中下怀。虽然已觉腿酸眼困，仍然兴致勃勃地走出住所的大门。

一幅金字黑匾，老远就赫然入眼，上书：咸亨酒店。平房，黑色小瓦，坐落在街道一边，夹挤在高高低低的楼房中间，自有一副古香古色的神采。门面宽约三四间，木门板全部拔除，整个酒店就完全无遮无挡地当街敞开着。依然保持着当年"鲁镇的酒店的格局"，"当街一个曲尺形的大柜台"。那木板制的曲尺形的大柜台，油漆斑驳，木棱也已磨光，探过头去，可以看见赭红色的酒坛。我把钱递了上去。卖酒的是一位中年女人，穿着白大褂，使人觉得有失鲁镇的格局，与那曲尺形的柜台也不协调。她用一只提斗从酒坛里提上酒来，倒入酒杯，黄酒其实是暗红色的液体。这杯子更古朴，用洋铁皮焊接而成，大到可以盛一斤酒，上端粗，下端细，状如漏斗。据说冬天喝酒时，可以把细端塞进热水里，用以温酒。鲁镇的长衫阶层或短衣帮，当年就是用这样的酒杯，孔乙己自然也用这铁皮酒杯。

茴香豆儿也不能不尝一尝。不尝一尝孔乙己津津乐道的茴香豆儿，也许不算真正地进过"咸亨酒店"呢！

"不多不多！多乎哉？不多也。"

我们刚刚在长条桌边落座，不知谁在拖长声调模仿着孔乙己的名言，摇头晃脑说起来了。木条桌长到丈余，从门口直通到墙根，实际应该算是木案子了。一切遵循孔乙己的习惯，他是穿长衫阶层中唯一站着喝酒的人，于是我们也都站着，他大约用手指捏茴香豆儿，于是我们也免去

了筷子。那用粳米酿成的名曰"加饭"的黄酒，说不准是一股怎样的滋味，既不似白酒那么烈，也没有葡萄酒那么甜，说不上好喝或不好喝，惟其因为孔乙己十分喜好，我拼着将那一杯全然灌下了。那茴香豆儿也没有多少特色，惟其因为孔乙己喜欢，我们嚼起来，似乎别具兴味。

酒店墙上，有一幅裱饰过的题辞，一副对联。题辞曰：

上大人孔乙己高朋满座

化三千七十士玉壶生春

对联曰：

小店名气大

老酒醉人多

看看题款，竟是著名作家李準献辞，著名表演艺术家于是之手书。辞联极致幽默的韵味，笔墨亦遒劲潇洒，使古朴的"咸亨酒店"平添了一丝风韵。

孔乙己确实是高朋满座了。小小的酒店里，现在拥拥挤挤坐着的酒客，大都是从南方或北方来到鲁镇而落脚此店的。有穿着西装革履的学者风度的男女；也有一身正统的中山装的很有派头的干部，很难料定他们之中绝对没有县委书记或市委的部长；更有一帮一伙长发披肩紧绷牛仔裤的青年男女，一律坐着或站着喝着装在洋铁皮酒杯里的"加饭"酒，抓着茴香豆儿，笑语喧哗……

解放以后，自打鲁迅先生的《孔乙己》收入中学语文课本，每一个受过中等教育的新中国的一代又一代青年，不管其是否特别喜欢文学，大约没有谁会忘却孔乙己的。

孔乙己不属英雄之列，而实实在在是一个被挤扁被碾轧为尘末的迂腐的老夫子，那些主宰鲁镇风云的鲁四老爷之流早该化为污泥了，而独有上大人孔乙己获得了川流不息的朝拜者，真是得其所哉！

神秘一幕

四川西南部的大凉山和小凉山，在我的感觉里是除了西藏最为神秘的地方。

年轻时读过作家高缨写的小说《达吉和她的父亲》，随后又看了由小说改编的同名电影，那隐蔽在青山和河湾里的一幢幢茅草屋舍，女人俏丽的花裙和胸前挂着的精美的银器饰物，尤其是男人头上装饰着的那一根独角似的帽子，令一个自幼生活在内地关中的人感到新鲜又神秘。

后来，我一次又一次地在电影和电视上看到火箭和卫星发射的壮观景象，一次又一次引发的是壮观之后的神秘，是一个无知的外行对于距离自己太远的尖端科学的神秘感觉。

这卫星发自西昌，在凉山。然而这些都是后来不断叠加的印象，最初的关于凉山神秘的印象，却是来自红军长征彝海结盟那个历史性的一幕。

记不得是多大年龄时的事了，反正是少年时期，我知道了红军长征的故事。究竟是历史教员先讲的，还是我阅读连环画先知的，记不清了，也无关紧要。长征路上所发生的大大小小的故事，对于少先队员的我都有一种绝对的征服力量。然而仅就神秘感而言，却是刘伯承将军与彝族头领小叶丹歃血结盟的故事。

随着年龄的增长和人生阅历的丰富，对于作为世界上"闻所未闻的故事——长征"，当然更多些了解了，然而歃血为盟的神秘依然雾罩在心头。

几十年后，一九九八年七月十九日，我终于有机缘拜谒歃血结盟之地——那隐蔽在青山秀岭之中的彝海，揭开从少年时代潜存到今天的那个历史性细节的神秘一幕了。

汽车在山上盘旋前进，公路在森林覆盖的山梁和沟壑之中盘旋。森林是人工培植的森林，也是我所见过的人造林中最壮观最具规模的森林。这是飞机撒播的树种，历经数年的精心呵护而培育成功的一片绿色。它是对一九五八年的大毁坏的忏悔，是中国人从愚昧走向觉醒回报给大地的一份真诚的祭礼。

汽车每一次转向拐弯，人的眼前便是一方新的姿色。色彩和光线千姿百色，那是天光和地韵和绿叶在山坡在山岽在沟坡沟底自然杂合的色调，每走一步你都能感到那色调在变化在流动。那种美你只能感到目不暇接，你只能感到心旷神怡；你不可能找到任何一个词句或一堆话语把它描绘准确，因为那气韵那色调那景象本身是瞬息万变的，人类创造的色彩（包括最出色的画家的调色板）是单调的，人类创造的语言也就显得更贫乏了。那叫自然。西昌人营造和呵护的这一片大自然的景象是西昌人的心灵诗篇。

进人纯自然的原始森林又是别一番天地和景致了。大片的天然草地和望不透的树木，使人惊叹和欢悦的同时亦由不得庆幸，野蛮的大毁坏的一九五八年的斧头尚没有砍到这里。

每一座山和每一条沟的每一寸空间，都呈现着一份不同的色彩和韵致。一团一团的白云一次又一次戏弄着太阳，阳光短暂的隐没和再一次复出，这千峰万沟的群山就气象万千了。即使最干枯最寡情的人到了这样的山地也不会无动于衷，即使心灵世界最低迷的那一根神经也会苏醒过来，陷人一种美的陶醉。那叫原始的大自然。

彝海在一座山顶上。这实在称不得海，而只能算是一个大水潭。如果按水潭的概念确实是够大的了。据说在凉山，有许多这样的水潭或者水池，而被称作彝海的水池或水潭其实是较小而又极普通的一个，然而却是知名度最高的一个，也是截至目前为中外游人观瞻最频繁的一个，歃血结盟的长征中的带有神秘色彩的一幕就发生在这里。

这凉山上颇多的水潭或水池的绝妙之处，一是处于海拔两三千米的高山顶上，蔚为壮观，也为带着原始韵味的群山酝酿出一方水的妩媚和水的娇娜；二是这水潭既不是汇聚小溪小泉之水而成，亦不是天雨汇集，而是来自地下，你找不到水的出处，水却在这儿聚潭聚池了不知多少万年。

我站在彝海边上，仅仅只是一种崇敬的心情来追寻革命历史的一块碑石，一块雾罩着神秘色彩的碑石，却无法沉重。即使我和同来的作家朋友努力追问查询，企图捕捉最生动最鲜为人知也最为准确的历史性细节的一枝一叶，显然再也无法进入沉重。

我完全可以想象当年结盟的红军统帅和士兵面临的困境乃至绝境，尽管这感受在事件的发生地比教科书（或连环画）上更贴近更具体也更深刻，然而无法进入当年哪怕是一个红军伙夫彼时彼地的焦虑与危机……我只是已经成为历史的那神秘一幕的参观者和崇拜者，不可能重新进入沉重的体验。

彝海是平静的，水波不兴，如一面蓝色的镜子。绿树密密匝匝环绕着水，鸟儿在啁啾。阳光从枝叶间流泻下来，在水面上撒下一片闪闪烁烁的斑驳色彩。一只小水鸭在水里游过，波纹随兴随隐。当年那一群衣衫褴褛的红军士兵暂聚在这里，期待即将发生的那个历史性细节的彝海也是这样平静吗？一如许多万年以前一直平静过来的平静吗？

紧拥着彝海南沿儿的是一片缓坡，向西铺展而去。泛着淡黄的绿草，随着缓坡起伏着的曲线而起伏着，无名的各色花朵在曲线的任何部位都点缀出迷离和妩媚。野蜂和蝴蝶便成了草和花的君王，随意拈惹，真是蜂乱而蝶忙。缓坡倚靠着山，山上是密不露隙的森林。随着山势渐次升高，森林的色彩也渐次浑厚而深沉，直到遥远的树梢和白云相接相抚的峰巅处。刘伯承和彝族首领小叶丹歃血结盟的故事无须再叙写，这是任何中国人都熟知的。我现在才听说，血是一只公鸡的血，印象里似乎一直以为是他们两人割破手指的血呢。后来为此我专门查了字典，在"歃血为盟"词条下注释着：古代举行盟会时，宰杀牲畜，并以牲畜的血涂抹嘴唇，表示精诚团结，结为同盟。我便释然，用公鸡的血和着酒原是合乎古代传统规矩的。不过酒却确凿不是任何酒，是用彝海舀来的水滴进公鸡的鲜血，刘伯承和小叶丹双方都饮下了。据说一时找不到酒，便舀来彝海之水权且做酒。

这彝海之水自地下涌出，聚潭许多万年而不散不竭，便如自酿了几万年的一池美酒。彝海之水便促成了一种神圣的事业和一种真诚的精神的结盟，便成就了带着神秘色彩的历史性一幕，便没有重复石达开在大渡河上的天朝悲剧。

在一块稍微平坦的草地上，摆着三块青石，这是当年刘伯承和小叶丹以及翻译站着喝血酒的位置。稍后的草地上，有一方漂亮的雕塑，自然是把那历史性一幕的短暂的细节凝聚定格而成的形象。夏日高原强烈的阳光照在草地上，照着那雕像，照着那三块青石。

我坐在刘伯承站过的那块石头上，依然无法感受当年将军的心情，依然无法进入沉重，依然无法挥去那雾罩了几十年的神秘，而愈觉神秘了。

现在人们从中国的南方北方到此游览，观赏凉山大自然的奇异的景致，瞻仰当年在这里发生的神秘的一幕，自然会汲取种种自以为珍贵的东西。历史不能重复体验，而动人的细节却永久存活在后来人心里，历史便不会泯灭。

不会泯灭的历史性细节还发生在这神秘的一幕之后。刘伯承与小叶丹歃血盟之后，刘伯承将军率领的红军赢得了时间，强渡过了大渡河。晚来迟到的国民党军队便杀害了小叶丹，继续搜捕小叶丹的亲属。小叶丹的夫人和孩子在凉山彝族同胞的保护下，流亡逃躲了整整十四年，直到西昌解放。夫人把当年由毛泽东赠送给小叶丹的一面绣有

"中国工农红军"的红旗整整保存了十四年，共和国成立后就交给人民政府了。我的神秘的感觉终于雾散，眼前扬起灿烂的节日的礼花，纷纷的花雨莫如说血雨，有小叶丹的一滴，一个凉山彝人的血。

我的家乡有民谚说：摘不到瓜，拔蔓；逮不住雀儿，砸蛋。活画出那些邪恶的人凶残而又虚弱的无赖嘴脸。中国民间的邪恶的人和封建政权里邪恶的势力莫不如是。

人民终于进入和平发展的理想时代了。在这样荒僻的凉山修筑出漂亮的柏油公路，培育起如此美丽的森林，更不需赘记从奴隶制度下一步跨越到现代生活中的彝族人了。

美丽的彝海是一面天成的镜子。

林中那块阳光明媚的草地

早晨醒来便听见哗哗哗的雨声。拉开窗帘就看到满天低沉的黑云，从黑云里倾泻而下的雨条闪着些微的亮光。到俄罗斯整整一周了，走到哪里都是蓝天白云下碧透的天空和鲜亮的阳光，今天遇到下雨了。有阳光又有雨，当是感受俄罗斯大地自然天象变幻的一个小小的又是难得的完满。

冒雨去图拉，拜谒托尔斯泰。车行四小时，大雨一路都在不歇气地下着。我总是忍不住拉开车窗，开阔的原野覆盖着望不透的森林，无边无沿的草场，都笼罩在迷迷濛濛的雨雾里。飞进车窗的雨滴打湿了我的头脸，这是托翁故乡的雨。

临近图拉城的标志，是路边终于出现了人。一顶顶简便装置的帆布或塑料帐篷，零散地撑持在公路边上，摆列着一排货架，守候着一个一个女人，都在卖着以图拉命名的饼子。

据说这种饼是闻名俄罗斯的土特产品，以黑麦制成，别一番独特绵长的香味且不论，绝对不加任何防腐剂却可以存贮半年以上，久享盛名。看着在雨篷下守候过路客捎带图拉饼的女人，我顿然联想到家乡关中类同的情景，每到五月初，通往我的白鹿原的原上和原下的两条公路边，便摆满一筐筐一笼笼刚刚摘下来的樱桃；通往临潼秦兵马俑的路旁，九月的石榴和九月末的火晶柿子招惹着世界各方的男女；还有去女皇武则天陵墓的路边，垒堆如小塔的锅盔，既可以整摆整个售购，也可以切成西瓜牙儿一般大小零卖，还有人索性就把大铁锅支在路边现烙现卖。

乾县的锅盔虽不及图拉饼的盛名，却在遍地锅盔的关中独俏一枝，皮脆里绵，满口麦子纯正的香味，武则天在锅盔的香味里滋润了一千多年，该当改为女皇牌锅盔了。看着那些伫立在路边的图拉女人，我想大约和关中路边守候的农夫农妇一样，卖下钱不外乎盖新房，供孩子读书，以及为儿女娶媳妇办嫁妆。托翁故乡的农民和关中乡民谋求生活的方式和思路如出一辙。

车过图拉城时，雨缓解松懈下来。汽车穿过图拉城，从街面建筑和街道的景致看，都显示着一种久远的陈旧，与中国任何一个中小城市一夜之间的全新面目都显示着距离性差别。雨时下时停，出图拉城就看到远方天际一抹蓝天和阳光。拐过两个交叉弯道，就看到一排很长的林木遮蔽下的围墙和一个阔大的门，这就是托翁自己命名的"林中那块阳光明媚的草地"——庄园故居了。

站在宽大的门口，一眼看见两排整齐高大的白桦树的甬道，通向林木笼罩的深处。我跨进大门并走上白桦树下的甬道，踏着用三合土铺垫的大平小不平的路面，庆幸自己终于有缘走在遍布着托翁脚印的土地上了。

托翁一生都走在这庄园里的大路小径果园耕地和林荫草地上，我踏在已经消失沉寂了托翁脚步响声的印痕里，依然感知着一个伟大灵魂神圣的灵性。白桦树依然枝叶茂盛，白色鲜亮的树皮浮泛着诗意。头顶的枝叶不断洒下水滴。甬道土路的小坑浅洼里积着雨水。

左边有一排涂成灰蓝色的木板房，是马厩，庄园里曾经耕田拉车以及溜达的好多匹马，就养在这里，现在依着原样原封不变地保存着，自然都已经圈干槽净了，我似乎还可以闻到马粪马尿和畜生混合的气味。甬道右边还有一排蓝灰色的木板房，是贮藏草料和马具的库房，可以看到门里散落的干草，还有犁具、围脖和套绳，似乎刚刚罢耕归来卸下，散发着马脖子的骚味儿。

还保存着农耕生活记忆的我，顿然浮现出这里添草拌料和骡马踢踏喷鼻的生机勃勃的图景。现在是一片人畜不再的冷寂。甬道尽头往右拐进去，是一座涂成黄色的两层小楼，这是托尔斯泰的居室和写作间。下层一个大约不超过十平方米的小屋子里，托翁写成了《战争与和平》。

我站在这间屋子的一瞬间，弥漫在心头的神秘顿然散失净尽了。一张不大的木板桌子，不仅谈不到精致或讲究，大约当初只刷过一层清漆，可以清楚地看到被磨损的或粗或细或直或歪的木纹；可以猜想长胳膊长腿的托翁伏案写作时，肯定会摊占大半个桌面。

房间里还有一只小茶几和一张单人床，这床也应是我见过的最窄的一张床了，当是写得腰酸臂痛时伸懒腰的设施。房间不仅没有装饰装潢，更没有如中国文人惯常装备的字画铭题之类，连一个像样的书架都不置备。到二楼的一间几乎同样小的房间里，也是漆成淡黄色的一张木桌，椅子的四条腿截断了一截，低到如同我家里的马扎。

据说是托翁视力不好，椅子低点就可以缩短眼睛和稿纸的距离，避免了低头弓腰。

在这间小小的简便到简陋的书房里，托尔斯泰写成了《安娜·卡列尼娜》。我还想看看写作《复活》的房间，讲解员说这部写作长达十年的小说，托尔斯泰先后换过三个写作间，没有解释换房的原因。

　　我走出这座二层小楼时，脑子里就突显着两张淡黄色的木桌。我更加确信作家从事的写作这种劳动，最基本的条件不过就是一张桌子和一把椅子，可以铺开稿纸可以坐下写字，把澎湃在胸膛的激情和缠绕在脑际的体验倾泻到稿纸上就足够了，与房子的大小屋内的装备和墙面上贴挂的饰物毫无关系。

　　说句不算抬杠的话，如果脑子里是空乏的胸腔里是稀薄的，即使有镶着宝石的黄金或白银的桌椅也无济于事。无论如何，我至今还想着那把太低太矮的椅子，坐上去就得把腿伸到很远，坐久了会很不自在的，何不加高桌子的四条腿，同样可以达到既不弯腰低头而缩短眼睛和稿纸的间距，况且能够让双腿自由自如地屈伸……

　　在这座托尔斯泰写作和生活的黄色小楼前，有一块不大的空地，该当算做院子吧。在这方小院的三面，都是稠密到几乎不透阳光的树林，林间长满杂草，俨然一种森林的气息。楼前的这方小院，除了供人走的台阶下的土路，也都栽种着花草，却不是精细琢磨的管理，完全是自由生长的泼势。

花草园子里有一棵合抱粗的树，不见一片绿叶，粗壮的枝股和细细的枝条，赤裸在空中，在四周一片浓密的绿叶的背景下，这棵树就令人感到一种死亡的凄凉。

我初看到这棵枯死的树时，就贸然想到保存它与周围的景致太不谐调，随之了知到这棵树非凡的存在，竟然有一种内心深处的震撼。

枯枝上挂着一颗金黄色的铜钟，我初看时就想到小学校里上课下课敲出指令的铜钟。托尔斯泰属于贵族，却操心着贫苦农民的疾苦和委屈，以真诚之心帮助那些寻找救助的人，久而久之，那些四野八乡遭遇困境的乡民便寻到这个庄园来。托尔斯泰在楼前院子的这棵树上挂了这只铜钟，供寻访的穷人拉响，托尔斯泰就会放下钢笔推开稿纸，把敲钟的穷人请进楼里，听其诉叙困难和冤屈，然后给予帮扶救助。

据说有时竟会在这棵树下发生排队，等候敲钟。然而没有哪怕是粗略的统计，曾经有多少穷人贫民踏进这座庄园走到这棵树下，憋着一肚子酸楚和一缕温暖的希望攀住那根绳子，敲响了这个铜钟，然后走进了小楼会客厅，然后对着胡须垂到胸膛的这位作家倾诉，然后得到托尔斯泰的救助脱离困境。

这棵曾经给穷人和贫民以生存希望的树已经死了，干枯的枝条呈着黑色，枝干上的树皮有一二处剥落，那只金黄色的铜钟静静地悬空吊着，虽依原样系着一条皮绳，却再也不会有谁扯拉了。救助穷人的托尔斯泰去世已近百年，这棵树大约也徒感寂寞，已经失去了承载穷人希望的自信和骄傲，随托翁去了。

托翁晚年竟然执意要亲手打造一双皮靴，而且果真打造出来了，而且很精美很结实也很实用。我自然惊讶这位伟大作家除了把钢笔的效能发挥到无可替及的天分之外，还有无师自通操作刀剪银针制作皮靴的一双巧手；我自然也会想到这位既是贵族庄园主又是赫赫盛名的作家，绝不会吝啬一双靴子的小钱而停下笔来拎起牛皮；恰恰是他几乎彻底腻歪了以往的贵族生活，以亲自操刀捏锥表示向平民阶层的转向和倾斜。一种行动，一种决绝，一种背离。

我在听着那位端庄的俄罗斯姑娘说这个轶事时，瞬间想到曾经在什么传媒上看到谁说谁已有了贵族的气象和派势，显然是一种时尚推崇。我似乎感到某些滑稽，昨天还用旧报纸（城里人）和土圪垯（乡下人）擦屁股，一夜睡醒来睁开眼睛宣布成了贵族了……托尔斯泰把他精心制作的这双皮靴送给一位评论家朋友。这位评论家惊讶不已，反复欣赏之后，郑重地把这双皮靴摆到书架上，紧挨着托尔斯泰之前送给他的十二卷文集排列着，然后说：这是你的第十三卷作品。

这话显然不单是幽默，是以俄罗斯人素有的幽默语言方式，表述出对一位伟大作家最到位最深刻的理解。

我真感觉到幸运，在林中的这块草地上领受到了明媚的阳光。雨在我专注于黄色小楼里的一张桌子一把椅子一张照片一页手稿的时候，完全结束了。头顶是一片蓝色的天空和自在悬浮着的又白又亮的云。林子顶梢墨绿的叶子也清亮柔媚起来。阳光从枝叶的空隙投到林子里的硬质土路上，洒在小小的聚蓄着雨水的坑洼里，更显一种明媚。

走到一大片苹果园边，天空开阔了，阳光倾泻到苹果树上，给已经现出颓势老色的叶子也平添了柔和和明媚。树枝上挂着苹果，有的树结得繁，有的树稀里八拉挂着果子。苹果长足了时月停止再长，正在朝成熟过渡，青色里已淡化出一抹白色。

从果树的姿势看，似乎疏于管理；从果形判断，当是百余年前的老品种了，在中国西北最偏远的苹果种植区，早在十几二十年前都淘汰了。这些苹果树和大面积的园子，自然完全不存在商业生产的意义，而是作为托翁的遗存保留给现在的人，现在依然崇拜和敬仰这位伟大灵魂的五洲四海的人。我看不到托翁了，却可以抚摩托翁栽植的苹果树，在他除草剪枝施肥和攀枝折果的果林间走一走，获得某种感应和感受，不仅是慰藉，而且是一种心理的强力支撑。

沿着一条横向的硬质土路走过去。湿漉漉的路面上有星星点点的阳光。路两边是高耸的树，从浓密的树叶的空隙可以看到碎布块似的蓝天和白云，平视过去则尽是层层叠叠的湿溜溜的树干。

我尽可以想象雨后初霁的傍晚，阳光乍泻的林间树丛中，托翁拨开草叶采摘蘑菇的清爽。树林间有倒地的枯木，杆皮上生出绿苔和白茸茸的苔衣，都依其自由倒地的姿态保存着，更添了一种原始和原生形态的气息。

这里已没有了剪枝疏果吆马耕田采蘑制靴的托尔斯泰的身影，没有了闻铃迎接穷人听其诉苦的托尔斯泰，也没有了在木纹桌前摊开稿纸把独自的体验展示给世界的托尔斯泰了。然而，一个伟大的灵魂却无所不在。

恰在我到这儿来之前几天，《参考消息》转载一篇文章，说欧美一些作家又重新阅读陀思妥耶夫斯基和托尔斯泰了。我便想，小说的形式和流派如狗追兔子般没命地朝前抢着，跑到"后后后"的地段上，终于有人歇下来缓口气，又往来路上回眺了。看来似乎没有完全过时的形式，只有空虚肤浅的内容最容易被淡忘被淹没。

横着的路出现了三岔口，标示左边通托翁的墓地。路上的光线似乎暗下来，许是树木更密了，也许是太阳光照角度的差异，路面和小水坑里已经看不到亮闪闪的光斑了。在树林的深处，看到了托翁的墓地，完全是意料不及想象不出的一块墓地。在一块临近浅沟的边沿，有一片顶大不过十平方米人工培植的草坪，中间堆着一道土梁，长不过一米，高不过半米，是一种黑褐色的泥土堆培而成。上面没有遮掩，四周没有栅栏防护，小土梁就那样无遮无掩地堆立在小小的草坪上。

我站在草坪前，竟有点不知所措。这样简单的墓地，这样低矮的土梁标志，比我家乡任何一个农民的墓堆都要小得多。没有任何碑石雕像，就是一坨草坪一撮褐黑的泥土，标志着一个伟大灵魂的安息之地。

那个小土梁上，有一束鲜花。我在转身离去的一瞬，似乎意识到，托尔斯泰是无需庞大的墓地建筑来彰显自己的，也无需勒石刻字谋求不朽的，那小小的草坪和那一道低矮的土梁，仅仅只标示着一个业已不朽的灵魂安息在这里。

离开墓地和通往墓地的林间幽径，有一片开阔的草地，灿烂着红的白的紫的金黄色的野花。季节还算是夏天，雨后的太阳热烈灿烂，仍不失某种羞羞的明媚。我沉浸在野草野花和阳光里，心头萦绕着托翁为自己的庄园所作的命名，"林中那块阳光明媚的草地"，真是恰切不过的诗意之地，又确凿是现实主义的具象。

再到凤凰山

　　小小的凤凰城远近闻名，着意在山水韵味。凤凰城山水名扬天下，得益于作家沈从文。凡读过沈从文作品的人，不仅难以忘记湘西的山水韵味和民俗风情，而且同时种下有朝一日走一回湘西的欲念。凤凰城是湘西风景风情的代表性杰作，自然为首选之地。

　　大约十年前到凤凰城，看了山，看了水，看了沈从文先生的书屋和墓地，感触多多，却不著一字，说来很简单，沈先生早在几十年前把湘西的山光水色和民生的风情灵气展示得淋漓尽致，至今都很难再读到那样耐得咀嚼的文字，我便不敢贸然动笔了。这回又去湘西，再上凤凰山，不仅有沈先生文章里的景致为参照，而且还有第一次来凤凰城的印象作对比，我发觉变化真是太快了，也太大了。

　　我记得十年前进凤凰城时，要过一座桥，从桥上看下去，河水里浮游着几头水牛。水牛在河里懒洋洋地游着，露出硕大的头和头上的弯角，还有浅灰色的脊背。水色不清，浑而近浊，漂浮着有藤蔓的野草，据说是刚刚下过雨涨了水的缘故。这幕水牛戏水的景象就留在我这个北方人的记忆里。

这回一看见凤凰城，一看见那条河，自然不再陌生，却看不见水牛的姿容了。水变清了，大约没有落雨也就没有涨水，更看不见浮草；原先沙子泥土铺就的河岸，用水泥砌得整整齐齐，类似城市公园人工湖的堤岸了。我似乎隐隐生出某种缺失的惆怅。我又不敢说这种整修有什么不合适，却想着那泛着青草的泥岸伸展着的自然状态的曲线，再也不复重现了。

其实，更想看的是沈从文先生的旧居，十年前看了一回，这次来仍然想再看一回。我从东正街拐进中营巷，就感到拥挤和熙攘，拥挤着的男男女女，都是因观瞻一位作家的宅第的好奇心所驱使。而这位作家生前却是落寞的，尽管住在繁华的北京，活着时几乎是蛰伏隐居，即使在胡同里迎面撞怀，乃至不经意间头与头碰撞得起了疙瘩，却谁也认不出个沈从文来。

现在，先生早已弃居的老宅旧屋，却"下自成蹊"。据说一年四季都是络绎不绝的参观者，旅游旺季就这么拥挤着。

大门口是进出的交汇之地，我得侧了身才能挤进去，院子里和前屋后厅都挤满了人，观看的照相的购书的琢磨着风水八卦的人，似乎都津津有味自得其趣。我也在拥挤的缝隙里看沈家的这座四合院，进得门来算门房，正在经营着沈先生作品的各种版本，需排队才能交上钱拿到书。中间是左右对称的厢房，显得低矮而又窄小，我是以北方四合院的厢房作参照的。

　　最重要的建筑是厅房，以石条起垒，是一种淡淡的橙红色石条，平生一缕暖色。石条上砌砖，青色的砖只垒到窗下，不过半人高，之上就全部是木格大窗子，再不见一块砖石墙壁。木窗和木门之间以木板嵌镶做墙，古香古色，自成一种幽雅。我在北方乡村和城镇，几乎没有看到过窗台以上不用砖或土坯砌墙的房子，甚为稀罕新奇。

　　厅房内一明两暗，明间当为长者议事、说话、训子的比较庄严的场合，也是接待客人的会客厅。左卧室背后，有一方小小的火塘，上边吊着一只水壶，四周摆着几只小板凳。使我自然地发生最生动的联想，无论家人或朋友，围坐在火塘边，听燃烧的劈柴噼啪响着，看火苗呼喇喇往上蹿起，水壶里的水咝咝咝咝响着，沏一碗热茶，或叙友情，或议家事，或逗笑取乐，该是怎样一番惬意和快活。

　　沈先生的墓地在半山上，山不高，却很幽静，曲径盘绕，杂树蔽荫。突兀看到一块碑石，刻着神采飞扬的手书字体："一个士兵要不战死沙场，便是回到故乡。"初看吓了一跳，碑题内容似乎太硬，一下子竟反应不及。细看副题为"悼念从文表叔"。立碑题字者为大名鼎鼎的黄永玉。便把太硬和突兀的感觉隐压下来，慢慢嚼磨，反复体味个中内涵。

沈先生的墓，是以一块巨大的石头为标志，据说重达五吨。上边刻着沈先生自己的话："照我思索，能理解人；照我思索，可认识人。"这应该是先生一生的哲思概括，也是一种复杂曲折的人生历程之后的生命体验，只可领悟，不敢评说。

我很赞赏这块石头，不是名山采来的名贵石料，而是当地山上到处可见的一种沉积岩石块，大大小小的各色砾石，和沙粒堆积凝结在一起，呈现出一种自自然然的原本的颜色，亦未作任何雕琢，似乎这石头一直就蹲踞在这里，与山与树融为一体。

据说这石头是黄永玉先生亲自为其表叔选择采掘来的，我便钦佩这位画坛大师超凡脱俗的审美取向，真是一块再恰切不过的石头。有清泉自石缝涌出，贴着山根的石凹流下去，一年四季日日夜夜，在沈先生耳边流过，不时泛出叮叮的响声。想先生平生不声不响，似乎也不爱热闹，悄悄走出凤凰，死后又悄然归于凤凰，不料热闹发生在死后，拥挤了旧宅老屋，又川流不息吵吵嚷嚷在坟头墓前，如果真有先生不死的幽灵，怎么承受得住……

我依着同行的朋友去河上乘一种专供游乐的小艇，河水清洌，暑气闷热暂得缓解。看河边的小幢民居建筑，真是稀罕奇观，倚山而造，鳞次栉比，一幢幢小屋小楼借着山势和立足的地坨大小，结构着种种样式。最下边的一排，居然是凌空立柱铺出一方地基，搭建成别致的房子，河水便在床铺下日夜流淌，有水声催眠入梦，当是怎样一种如仙的境界。河边有人在洗衣淘米。女人洗着淘着。淘着洗着的还有男人。洗菜的男女似乎平平常常，洗衣的男女居然还用着棒槌。棒槌在石头上捶击衣服的响声听来悦耳，那是我自小在家门口的涝池边和灞河里听惯了的脆响乐声，但家乡的乐声早已在多年前消失了。

上岸后沿河边的小路走，不时有人拉着小车擦身而过，车上绷一顶遮阳的花布，车内置一张躺椅。花了几块钱的人坐在躺椅上。挣了几块钱的人拉着车子在小巷和河边跑着，供花了几块钱的人观光赏景。这是最简单最直白的一种关系，容不得多愁善感者说三道四。我看着觉得有点扎眼的，是一位坐在躺椅上的人的姿势，手里夹一支正燃着的纸烟，两条腿以八字形撇开，搭在车子的两边，旁观者入目颇觉不雅。

沈先生如果活着，今日的凤凰和湘西在他的笔下，会是怎样一番景致。

口红与坦克

想到这个题目并最终确定下来，仍然觉得有点滑稽，甚至有那么一点荒谬。口红是什么，坦克又是什么？口红派什么用场，坦克又派什么用场？把两件风马牛不相及甚至完全对立的东西焊接成文章标题，首先倒是应该坦白，并非出于哗众取宠出奇制胜的念头，而是一年前在华盛顿街头看到的一尊雕塑的强烈印象。

那是一辆坦克，涂抹着如同实战坦克的铁黑颜色，体积也与实战坦克一般大小，只是没有现实主义的工笔细刻，它是一种粗线条的勾勒和大轮廓的模拟。从艺术上说，可能属于现实主义与现代派的杂交或中性改良。创造者显然并不是要展示这种常规武器的最新产品，甚至无意显示那一代产品属何种型号，只是作为一种常规武器中极具杀伤力的战争的形象，赫赫然摆置在美国首都的一条大街上，准确点说是在大街一旁的比较宽阔的一块草地上。它没有实战坦克最要害的那个部件——炮管，所以它永远也不可能去发射杀人毁物的炮弹。那根炮管被置换为一支口红，长短和粗细的尺码恰好类似炮管。这支口红端直地挺竖在坦克上，戳向天空，偏圆的顶头的红色，像一团火焰，像一瓣玫瑰，或者更像姣美性感的女人的嘴唇？宽敞的车道，川流不息着各种色彩各种形状的轿车。人行道上，匆匆着或悠悠着世界各地各种肤色的男人女人大人和小孩。这辆驮载着一支口红的坦克，就这样与现代都市和谐地统一在一起，构成一道看上去美丽却不只让人仅仅感觉美丽的风景。我在第一眼瞅见它时，不仅没有丝毫焊接的感觉，而且有一种心灵深处的震撼，这震撼的余波一直储存到现在而不能完全消弭。

这尊雕塑的内蕴其实最明了不过，可说是一个十分陈旧的主题，然而又是迄今为止困惑着人类的一个共同的鲜活的话题，雕塑家用简练到简单的笔法，把一个牵涉所有国家和民族的生存理想的大话题凝铸为一组看来不可思议的"焊接"，如此明了，如此简练，又如此强烈。同类题材同类意旨的美术作品，最负名望的莫过于毕加索的那只和平鸽，还有一幅颇震撼人心的"铸剑为犁"的雕像，早已沉潜在各个民族一代又一代人的心灵深处，然而这尊象征意旨明朗、透彻的雕塑，依然昭示着人类最切近的生存忧患和生存理想。

人们在雕塑前驻足，凝眸，沉思，留影。白毛的欧洲人黄皮肤的亚洲人和黑脸卷毛的非洲人都在这儿驻足，把自己的情感寄托给雕像，又把雕塑创造者的美好愿望储存心间：企望这个世界能给他们的妻子女儿一支口红，永远不要发生某天早晨或深夜坦克碾过菜园和牛栏的惨景。德国鬼子和日本鬼子同时在欧亚两个大陆这样干过，美国鬼子在朝鲜和越南这样干过，苏联同样在捷克和阿富汗如此干过。

用口红取代坦克。

这种强烈的艺术创造让一切平庸的艺术制作感到羞愧和难堪。然而它传达给我的又恰恰不单是艺术创造本身。相信看到这尊雕塑的任何人，都会把他关于战争的全部记忆（直接的或间接的）都激活了。不仅如此，每每通过传媒看到世界某个角落坦克正在发射炮弹的画面或图片，我便联想到华盛顿街头的那尊雕塑。雕塑毕竟是雕塑，艺术也毕竟只是艺术，可以唤醒世界千万计的男女的呼应，可仍然阻止不住实战坦克的行动，坦克却仍然碾碎着那些地区该当涂口红的漂亮的嘴唇。

那个被国际法庭判处绞刑的东条英机和他的同僚战犯，几乎每年都要受到某个大臣乃至某个首相的参拜和祭奠。

尽管此举受到整个亚洲和世界的谴责和侧目，闹剧和丑剧依然年年上演。我感到的不单是闹剧丑剧的可笑，而是惊讶参拜者露骨的虚伪，因为哪怕是一个小孩都会明白，即使烧一万吨香蜡纸裱叩一万次响头念一万次佛，都不可能使那些战犯的罪恶魂灵得到安宁，更不可能得到超度了，至于那些在"教科书"和展览图片上屡屡偷偷摸摸搞小动作的人，不仅使世人看到了一个虚伪的灵魂，更看到了他们面对口红和坦克的现实的选择的可能性。

倒是那场世界大战的另一个发动国的现时首脑，在犹太人被害的坟墓前祭献的一束鲜花，尤其是出人意料的那一个长跪动作，不仅告慰的是长眠地下的被蹂躏的灵魂，重要的是使活着的我们看到了一个民族的大气。足以结束一个时代仇恨的一跪，必定成为历史性的一跪——他选择了口红。

那个靖国神社的门前广场，倒是应该有这样一尊坦克驮载口红的雕塑，让那些死去的罪恶的灵魂继续反省，也使那些活着的虚伪的灵魂反省出一个"小"来。

娲氏庄杏黄

蓝田朋友老曾打电话来，说岭上杏黄了，约我去摘杏吃杏。听这话时，心里已沁出酸水来，因为手头事情太稠，一时难以确定成行与否，只好把话说到活处。隔几日，老曾又打电话来，杏熟正到洪期，过三几日该清园了。我终于经不住记忆里的大银杏的诱惑，决定上岭去，又有酸水沁出来，完全是生理反应。

村子后背的崖坡上，东头有一株粗大的银杏树，西头也有一株。从杏儿在刚刚萎干的杏花里形成如小拇指大小，绣着一层茸茸细毛，我和伙伴就开始偷摘了，咬一口就酸得龇牙咧嘴睁不开眼睛，仍然还是要偷摘，在树的女主人尖锐的叫骂声中，迅即逃遁到坡沟里隐避起来，嘻嘻哈哈品尝那酸过醋精的小杏儿。到我成年后成为基层干部，有年夏天到盛产杏子的一个村子去帮助收麦子，生产队长曾领我到一棵最好的杏树下，几乎吃饱了肚子，实在忍不住这大银杏清香绵甜味道的引诱，中午饭都免吃了。三十多年过去，留在味觉记忆里的香味，再也没有重得享用的机会。

大清早起来，空气都是燥热的。城里燥热，家乡的田野里也燥热，毕竟是夏天的气候了。汽车在我最熟悉不过也亲近不过的灞河川道里疾驰，满眼扑来绿树和绿草，以及刚刚割过麦子在阳光下闪闪泛着亮光的麦茬地，怎么看都觉得舒服。这种舒悦是潜存在生命深层的每一根神经里。除了父母和屋院，我睁开眼睛看到世间的第一道风景，就是割过麦子后留在土地上的麦茬子，被夏天的太阳晒得闪闪发亮，还有河川灌渠上一排排优雅傲然的白杨树。几十年里年年都重新温习反复观赏这河川和岭坡上的景致，铸成一种永久的油画在心灵深处，只是近年间隔断了。今日又触及了，搞不清是眼前的景致融汇到心底，还是心底的那幅油画铺展到眼前的天和地之间，我却是陶醉了。发亮的无边际的麦茬和碧绿的白杨树，引发的是久违的生命本能的舒悦。乡情何止一杯酒所能比拟。

车子拐上岭坡通直的乡间公路。在遇到第一个村子时又拐向西，村子里一幢幢红砖红瓦的新房子，还有两层小楼，迎面的墙壁多用白色和橘红色瓷片装饰，在庄前屋后的椿树槐树桐树和杏树的绿荫里，看去煞是鲜艳煞是清爽。新房和小楼背后的黄土崖下，还遗存着一孔孔窑洞，那是不知多少辈人出出进进过的落生和终老的穴居式住宅。他们搬出窑洞住进新房小楼了，从昏暗的穴居迁入阳光敞亮的新居了。不过十多年的时间，河川和岭坡上的农民，完成了一次历史性的告别。

车子向西走到一个阔大的河谷的东岸，再沿山路往北，满眼都是绿树，可以闻到杏子成熟时散发的香味了。这觉得有点眼熟，这应该是红河谷，二十多年前我曾来过这里，就在车子向北折拐的坡嘴上。那是杏花三月，我从自家门前的场垴上看到对面岭坡上一片白色的花云，回家收拾了书桌，戴上草帽，趟过灞河，在小镇上买了两瓶啤酒，找到一条上岭的小路走上去，已见热力的太阳正对着后背，浑身有热骚骚的感觉，走到这个坡嘴上，我被眼前阔大的沟壑迷住了。红河谷入口处不过是一条小小的窄巴巴的山沟，上游却豁然展开一片偌大的谷地，被四周的山岭环抱着，岭坡上到处都是粉白的杏花，如同云彩，隐隐可以看到隐藏在花石之中的村庄里的黑色屋瓦。我便坐在红色黏土地上，面对那层层叠叠的岭坡环抱的谷地，吸着弥漫在温热的空气里的杏花的清香，席地而坐，打开了啤酒瓶。那是我最温馨的一次春游。我那时就想到这漫坡满岭杏黄的时节，再来尝一回刚刚摘下的杏子，不料几十年过去，到今大才成行了。我走进了盛产大银杏的娲氏庄。

娲氏庄在红河谷延伸过来的谷地的南岸。娲氏庄以女娲名字得名的，现在无人能说得清是从哪朝哪代开始启用这个村名的。村子的西北是开阔的谷地，四面再大的暴风刮到这谷地时，都会减弱其暴力而温柔起来，确属一块天成的风水宝地，七八千年前的女娲选择这块地盘，哺养她繁衍的和用泥土抟造的儿女是有道理的。这方岭坡地带整个都弥漫着人类始祖的美丽神话。下了谷底，上了对岸的岭坡，一直向北走，不过三十里地就是闻名天下的骊山下的秦始皇陵墓了，我现在摘杏的娲氏庄，是骊山南麓的边缘，整个骊山浑然一体无所间断。北边的山顶上有"人祖庙"，是秦汉以前始建的女娲祠，每年农历七月十五，四面八方的乡民都来朝拜，多为成年女性，依然向这位抟土繁衍了华夏民族的女神祈求一个大胖大壮的儿子。人们广泛知晓骊山下杨贵妃沐浴的香池，也知道周幽王烽火戏诸侯丢失江山的典故，更知晓杨虎城和张学良在这儿扣蒋发动西安事变的故事，却忽略了女娲氏在这方山地岭坡上抟土造人和炼石补天的神话。我到女娲的村庄里摘杏来了，我踩踏的村巷和坡地上的黄土小路，我走进的杏园里的松软的土地，肯定是这位老奶奶无数次奔走踩踏过了的。还有比这更幽远更神秘的岭坡吗？

得了山水地脉独有的优势，娲氏庄的大银杏是口味最好的杏子，左右的或对面岭上坡下的村庄，不过三五里或几十里，都是铺天盖地的杏林，为何娲氏庄的银杏远近传出了名声？据说还是土地和地下水的差异，还有光照的差别，再就是沾着女娲氏的神韵仙气了。娲氏庄银杏出名，不是商业宣传的效应，而是早已名声远播，起码在我小小年纪就听说了，早已有口皆碑了。眼目所到之处，尽是大大小小的杏树，岭坡被层层叠叠的杏树覆盖着，屋院内外都是杏树，金黄的杏子在绿叶里显露出来；墙外的杏树把枝条伸进院子，院里的杏树的枝条又逸出墙头来，枝条上都串结着半黄的和金黄了的杏子。

走出村子，下一道坡坎，沿一条铺满青草的小径走过，草木的清香和杏子的香味在微风里迭过。小路上有男人和女人推着用大竹笼装满银杏的独轮车走过，汗涔涔的脸上堆满真诚的笑，大声爽气地礼让我和朋友吃杏。几经转弯，走到一棵大杏树下，树冠遮盖了至少一分多地的山坡，树干已有空洞，枝叶却依旧茂盛，壮气而又精神，不显一丝衰老气象。老人说这棵杏树已超过百年，记不清是哪代先人栽植的了。我相信他的话，两人合抱的树干就摆在这里。我惊讶的是这株杏树依然着的活力。杏子已经黄了，熟了。主人颇为遗憾地说，他刚刚摘掉树顶上的杏子，只剩下中下部树股树枝上尚未熟透的杏子。杏子是从树梢往下逐渐成熟的。我坐在杏树下，浓密的树叶遮挡着六月的阳光，一片让人可以享受树荫的凉爽。你可以在这个世界上接受诸多的现代享受，也可以获得前人想象不出的快意乐趣，却难得这种原始的树叶遮盖下的一方阴凉的享受。远处是不尽的群山岭坡，眼前是随着地势起伏着的杏园里的绿叶，坡坎上正竞相开放着的野萝卜野豆荚的白色和紫色的花，我坐在一棵百年大银杏树荫下，享受山野里大太阳下的一种清凉，似乎回到我青壮年以前的天地里的生活方式和歇息方式。我没有拒绝现代文明生活的矫情，却在重温以往的那种生活形态里除了苦涩，只留下简单的温馨和单纯。我已经很久没有在山野里的树荫下独坐和吸烟的那一份纯净到简单的心境了。

主人攀上一架梯子，从树上摘下几个杏子来。我捏在手里，凭感觉就知道它熟透了，通体金黄，轻轻掰开，就是鲜黄近红的杏肉，略停片刻，凹心里便沁出一汪杏汁来，用舌尖舔一点，那种清香的甜味真是无可形容，无可比拟，因为它是独有的唯一的银杏的香味，何况又是久负盛名的娲氏庄大银杏。只觉得清凌凌的蜜一样的水汁，和着杏肉，入到口里，已渗入到心肝脾脏里去了。主人在骄傲地宣扬他的杏，干净无染，尽可以放心吃。我完全相信，杏树无病虫害，四季不洒任何化学成分的药物。况且这岭坡山洼，没有一家工厂，不见任何有害气体和煤烟，甚至连尘土也很难飞扬。我贪婪地连续吃着，大约把多年以来的亏欠一次性补偿了。

这位拥有百年大树的主人是一位智者，又是一位热心公众利益的富于威望的老者，他把村子里的农民联合起来，组织了一个果农协会，扩大宣传，统一包装，吸引来不少客商，不用推车挑担到城里沿街串巷去叫卖，城里的果品商人开着汽车到村里来收购。还有大批的城里人结伴来摘杏买杏，既体验了自摘鲜杏的情趣，也到山野里怡悦性情。一位年轻干部悄悄告诉我，经过挑选分类，再经过印刷精美的盒子包装，银杏的价值成倍提升，村民自然高兴了。华胥镇政府几年来在岭坡地带搞银杏基地建设，娲氏庄银杏已打出名声，农民见着实惠，仅留一点土地种植粮食作物作为自食，绝大多数土地都栽植大银杏树了。据说他们近年来一亩地杏树的收入，抵得上十亩麦子的价值。真应了乡村自古就流传着的谚语：一亩园，十亩田。娲氏庄和岭上的乡民，真没料想到指靠杏子可以过上舒坦的日子了。

朋友老曾约我明年再来。

我便玩笑说，我明年到岭上来种植杏园，你帮我物色一块好地。把写作重置于业余。

原上少年

◆

第四辑

遥远的猜想

粘面的滑稽

一碗粘面，喜气洋洋；没有辣子，嘟嘟囔囔。

这是流传颇广的民间文学里的几句。与诸如陕西"八大怪"一样，以形象生动风趣幽默的韵词儿，描画出陕西（主要指关中）人独特奇异的生活风情，颇见民间智慧。内容基本客观写真，没有夸张失实，也没有褒贬的倾向。说者一乐，听者亦一乐；外省人说着逗乐，陕西人也自娱自乐说着，谁也不在意。

然在一些正经媒体正经场合，被人很正经地用来作为陕西人思想保守不求进取的例证，进而引申到影响经济快速发展的重要原因这样严肃重大的命题上，我不敢完全相信，不禁反问，这样的原因可靠吗？

就我所知，即使比较富庶的关中，人们能喜气洋洋吃到一碗粘面的日子，仅仅也只是农村实行责任制以后这二

十年的事，之前作为公社社员的农民是把粘面作为待客的豪华饭食的，在"万恶的旧社会"就更不必说了。可见关中人并不具备满足于一碗粘面的先天性惰性。再说，黄河以北的大半个中国，人多以五谷杂粮为生，也都以一碗白面为上好食品，为什么山东人河北人北京人没有因为吃粘面（他们称捞面条或干面条）而保守起来，唯独是关中人抱着一碗面条就变得满足了、不思进取了？

总不会是关中的小麦与山东河北的麦子有质的差别吧！

似乎还隐约着一层言外之意，以面食为生的关中人，不及以大米为主食的南方人脑瓜聪明灵活，自然影响到思维，也影响到经济发展。小麦和大米在所含营养成分上谁优谁劣差异多大，其实在这个话题里失去了对比的意义。稍微具备常识的人都知道，欧洲和北美人多以面包为主食，面包是用小麦为原料而不是以大米为原料的。似乎并没有妨碍他们作为世界经济最发达地区的人的大脑结构和思维方式。影响一个地区人的群体性思维方式和观念新旧的关键性因素，可能有好多条，在我看来至关重要的一条，是眼睛看取了什么脑袋里装进了什么，而不是嘴巴吃进去什么。

既然作为一个地域经济发展这样至关重大的命题，讨论者最根本的立足点是严肃，是言之有据，是对可靠的"据"的科学论证，之后才可能找到制约经济发展的途径。

某些浮皮潦草某些华而不实的说词，不仅挠不着痒处，反而可能造成误导，贻误时机。甚而连关中人选择吃食（比如粘面）的自信心都没有了。

实践的灵魂是探索。"摸着石头过河"就是科学的探索精神。人们能理解能宽容探索过程中必不可缺的失误，却不能接受诸如以一碗粘面给关中人把定脉象的滑稽。

遥远的猜想

在关涉陕西人地域性特质的讨论中，有一种说法叫"中心情结"。即对曾经作为历史上或大或小十三个王朝国都的政治经济中心位置，陕西人尤其是西安人至今怀有挥之不去的深层眷恋，而且形成了某种"情结"，而且因为不能失而复得便走向心理负面，产生了"失落感"。

以史实推理和心理分析来说，颇觉像那么回事。那些小王国小朝廷的小国都且不说了，单是作为周秦汉唐这四个在中国漫长的文明史中，赫赫然有声有色的王朝的国都的子民，其光荣其自豪乃至自大都是自然的合理的，失去了国之首都也失去了"中心位置"的眷恋和失落感也是常情之必然。然而，拿这个推论来把脉今天的陕西人和西安人，敢信吗？

创造过繁荣和鼎盛的唐王朝，是公元 907 年瓦解终结的，距今已有一千零九十六年，几乎接近十一个世纪了。十一个世纪里的整个世界发生了怎样翻天覆地的变化，一时难以叙说；十一个世纪时空里的中国变幻了多少王朝的兴衰，也难以述说；一百年来的中国一百年来的陕西和一百年来的西安，发生了怎样惊心动魄的变化，却是清晰可见的。一千余年后的陕西人（尤其是西安人），还被一个皇都的"中心情结"苦苦纠缠，还陷入在酸溜溜的"失落"情绪里，难以了结难以"尘埃落定"，要不是陕西人西安人心理变态，那就是这个"中心情结"的绵绵之力顽固之功胜过毒瘾，以至生活在这块土地上的一代一代子孙，都化解不开丢弃不掉戒除不净一个想当中国中心的情结……我是觉得此说未免太玄乎了。

小时候听村里人们把进西安城叫"去大堡子"。西安在乡民的眼里，不过是比他们自己生活的堡子大了一点罢了。虽然有些调侃有点轻蔑也有点自大，却也较为生动地透视出上世纪四十年代末西安的大概状况。一个凋蔽到只配用较大的堡子来称谓的古城的子民，不操心养老扶幼不算计柴米油盐不设防劫匪小偷，亦不关注政权变更不闻不问频频发生的运动不在乎上岗下岗，唯独醉心于那个一千年前"中心"位置的虚幻，如果不是西安人自己活受罪，当是文化人太过遥远的猜想。

文化既可以是深邃的视镜，也是文化人可以自信可以自恃的一杖。眼见的事象，文化已变成了一只时兴的"热狗"，爱吃不爱吃都想品咂一下味道；文化可以成为唬人的巫词咒语，还能变异为包治百病包兴百业的膏药。随便贴一帖作为装潢作为广告哪怕作为幌子，其实也无大碍也无大伤。只是在面对一方地域群体性人群的心理秩序把脉时，切忌不着边际的联想，遥不相及的推理，不仅与心理秩序的实际相去甚远，也会把文化这根颇为神圣的"杖"弄得轻薄了。

关中有螃蟹

读本月十六日《今晚报》雷抒雁《口味》一文，妙趣横生，颇多兴致。抒雁是陕西关中泾阳县人，和我算是乡党，文中涉及关中乡俗风情，让我回味品咂不尽，尤其是对饮食习惯的普遍性口味的描写，既可看到这位乡党离乡大半生乡思萦怀的依依之情，更可感知他人生沧桑之后的睿智和达观，一种清朗的生命境界。

《口味》也勾起我诸多的生活记忆。得从文中引用的宋人沈括《梦溪笔谈》里开关中人玩笑的一则笑话说起。沈括说他在陕西做官时，听到秦州人收到一只干死的螃蟹，对其形状很恐惧，以为是怪物，便把它挂在门首，作为驱鬼避邪降灾之物。之所以会闹出这等笑话，让沈括做随笔记入名作《梦溪笔谈》，在于起首一句的"关中无螃蟹"的概论。这是这则笑话得以传播的基础。然而这个基础在我的经验里却是值得辩证的。

我生在灞河边上，村庄离河岸不过二里地，未进学堂先在河滩学会割草拾柴，也在河水里耍水，逮鱼捉鳖是小孩子无师自通的耍活儿，未识字前就认识螃蟹黄鳝蚂蟥等水生物了。那时候灞河的常年水量比现在大，河边杨柳列岸，野草野花里藏匿着兔子野鸡，大片大片的芦苇地里，从早到晚都响着一种土灰色的鸟儿的鸣叫。沿着河岸，有大片的稻田，每到溽热三伏，男人女人挽着裤管在稻田里拔草，常常会在踩住一条黄鳝或被蚂蟥叮咬时发出一声尖叫，随之顺手从脚下抽出黄鳝甩到干滩上来，有时候就甩过来一只硬壳子螃蟹，小孩子们就用树棍儿挑着玩儿。灞河出山直到汇入渭河的百十余里流程中，两岸的湿地水田里滋养着的水生物不仅有螃蟹，无鳞的大嘴鲇鱼和长着两根硬如钢针的牙齿的刺鱼，还有鲫鱼鲤鱼，诸多叫不上名字的水生物，不知繁衍了多少万年，从未绝种，螃蟹算什么稀罕。

有一个生活印记在我心中至今不泯。那是我读高中时，正遇着"三年困难"物质极度贫乏时期，学生吃不饱，老师也毫不例外地忍饥挨饿。学生饿得受不住时，还可以相互之间悄悄说几句俏皮话；老师为人师表，饿着肚子就硬扛着，还要给学生做思想政治工作。我看到的第一个因饥饿而患上浮肿病的人，是我的班主任兼数学程老师。他刚刚从陕西师范大学毕业，一米八以上的大个头儿，家在关中西府的一个山区县，把粮票省下接济更艰难的家室儿女，自己便先浮肿了。我看见第二个浮肿起来的老师已忘记了姓名，那浮肿的脸上的灰黄色至今仍历历在目。他没有给我带课，他的办公兼宿舍的一间屋子和我教室的门斜对着，下课出门就能看见他和妻子孩子。那男孩子大约六七岁，常常蹲在窗台下的小火炉边，专心致志地焙烤着一只只小螃蟹。我就读的中学就在古人折柳送别的古灞桥桥头的河堤下，学校一面临着灞河，三面都是稻田和茭白地，自流水渠在宿舍后窗下和操场之间日夜流淌。这男孩的父母都是南方人，自小就承袭着南方人喜食水鲜的习性，自个到学校周围的稻田水渠里捉鱼抓蟹，自己洗涮开膛，在父母做饭的小火炉上烘烤焙熟，坐在小凳上吃那些变得黄灿灿的小鱼小蟹。我曾好奇地走到小男孩跟前，看他神情专注地剥着蟹壳蟹爪，津津有味地嚼着，颇为惊讶和好奇。这是我平生里见到的第一个吃螃蟹的人，一个在全民大饥饿年月里自我救助的南方男孩。他的父亲我的老师浮肿了，他却未见浮肿征象，许是得了小鱼小螃蟹的营养滋润。

其实，何止灞河流域有鱼蟹。自古有八水绕长安的美妙景致，灞河只是绕着长安的八条河流之一支，其余七条河流流经的关中平原，两岸的景致大同小异，笔直的白杨和婆娑的柳林，夏天的小麦和秋日的苞谷，更兼着沿河两岸的水稻，是延续了三千多年的丰美的农耕图画。紧临长安的户县曾经长期生产一种进贡朝廷的上好大米，无尽的荷塘莲藕也是名传四方，鱼类螃蟹自在其中。柳青在《创业史》里描写的如诗一般的终南山下的水乡画面，可惜忘记了给螃蟹一笔文字。渭河自甘肃天水过来进入陕西宝鸡，一路浩荡横穿关中，出潼关汇入黄河进入山西，这关中平原也别称渭河平原，又称八百里秦川，有大小十三个封建王朝在这儿立都，姑且不说。渭河自西向东贯通关中，沿河两岸多种稻米莲藕，杂鱼草虾黄鳝和鳖，还有螃蟹，都得水而生生不息。再推到五六千年前的仰韶文化时期的半坡遗址，也是在绕着长安的浐河的东岸，那儿出土的早期先民绘制的人面鱼纹陶画，成为人类始祖最早的艺术品的标志性杰作，浐河岸边断然也缺失不了螃蟹。

沈括的这则随笔所记述的笑话，是"闻秦州人家收一干蟹"而演绎出来的。是"闻"而不是沈括亲眼所看到。"闻"是听到，是听到的传说笑话。既是传闻传说的笑话，姑且甚至完全不必当真，只当它是笑话罢了。我又想起我生活的河边人给缺水的旱原上人编的笑话，说原上人为节省用水，每天早晨起来，夫妻面对面吐唾沫洗脸，晚辈的兄弟和姊妹皆仿效之。谁会相信它？如若沈括"闻"得，《梦溪笔谈》又多一则随笔了。然而，不能当做笑话则不究其真的是，沈括起首一句便断定"关中无螃蟹"。他还说"元丰中，予在陕西"。可见他在陕西做官时，大约很少下乡视察和访贫问苦，犯了点"官僚主义"，竟闹出"关中无螃蟹"这样的笑话。想说关中人笑话的大学问家沈括，自己倒闹出孤陋寡闻的笑话，倒是颇有教益的一则笔谈。

也说乡土情结

今年夏天，我随中国作家采风团从重庆乘游轮抵达湖北秭归，再转车到武汉，饱览长江两岸雄奇秀美的山光水色，畅美舒悦；沿途全迁或半迁的几座新县城一派新貌，令人叹为观止，流连不想离去。然而，每到一市一县，各家媒体采访的诸多问题里有一个问题却是共同的，即那些移民难以割舍的乡土情结，你如何看待。有的摆出移民男女扶老携幼举家迁移登上船头泪眼回望家园的照片；有的举例说，迁到上海崇明岛已经住上三层小楼的移民，仍然难以化释怀乡之情，甚至说："我住到楼上离土地太远了。"我毫不迟疑地回答，我不敢怀疑这些图片和语言细节的真实性，但却不敢附和这种太过渲染的文人情怀。忍了忍，没有用矫情一词。

我的论据首先是我眼见的事实。沿着长江旅行的四天三夜里，两岸多为雄奇高耸的山峰和起伏无边的丘陵，在七八十度的陡坡上，散落着移民扔下的低矮残破的茅草房，一台一台窄小的如同划痕的梯田。即使毫无农村生活经验的人，恐怕也会想到在这种既破坏植被亦不适宜人类生存的险恶环境里，把这些数以百万计的山民迁移到生产生活条件更好一点的地方去，于长江生态有利，于这些固守大山的山民更是一次历史性的告别，子子孙孙都因此而改变命运了。对于照片上登船离去时回顾茅屋的一双双泪眼，我用另例来打趣，一批一批在中国生活和工作都很不错的人，移居到欧美，临别时在机场与家人分手时也难抑一眶热泪，然而并不能改变他们铁定的去意。至于已经住上三层楼房还要抱怨"离土地太远"的崇明岛那位移民，渲染这种太过矫情的话，还有什么意思呢！

一百多万祖祖辈辈困顿在长江两岸崇山峻岭里的贫苦农民，做梦也想不到会有机会迁出大山，定居在诸如崇明岛等较为优越的环境里，应该是沾了三峡工程的光。且不说各级政府的经济补助，不看这种改变子孙命运的历史性告别的本意，却以图片、文字渲染故土难离的泪眼，我把其称为"文人情怀"。

从人的本性上来说，总是寻求能有利于自己生存和发展的空间，总是从恶劣的环境趋向相对优越的环境。落后的贫穷的自然和社会环境较差的国家的子民，争相移居发达和文明的国家，是延续许多世纪的一个世界性现象，至今依然，离愁和分手的眼泪从来也没有阻挡这种流向。在中国，常常听别人说关中人抱着一碗干面不离家，乡土情结最重了，因而保守，因而僵化，因而不图创新，甚至因而成为陕西发展滞后的一个重要原因。我说，在中国范围内，恐怕再没有哪个地域的人比上海人恋乡情结更重了。本质的原因，在近代中国，上海是现代工业文明的首站，工作环境和生活水准高于优于其他各地，上海人离开上海走到中国任何地方，都是与优越的生存环境背向而行，未必纯粹是对故土的一份热恋情结。让我作出这种判断的一个事实是，在近年移民日本和欧美的中国人中，上海人占的比例尤大。为什么上海人移居西北某地和移居日本表现出对故土差别悬殊的怀恋情结呢。我依此而怀疑文人情怀中渲染的那个情结的可靠性；也怀疑关于人们对故地乡土的那份普遍存在的恋情，真的会成为一个地方经济发展的制约性樊篱。

　　在关于陕西或西安人的话题的讨论中，常见一些浮于表面缺乏鉴证而又十分具体的结论，甚至裹上了流行的新鲜名词，使我常常感到某种不敢踏实倚靠的滑溜，以及不着痛痒多属哗众而于事无补的空洞。想来也可释然，这种现象，其实不光发生在关于陕西人或西安人的讨论中，长江沿岸许多县市关于当地人的讨论中也有类似情况，譬如文人情怀驱使下对移民泪眼的热闹渲染，却无心关注移民们开始鼓胀的腰包和明亮的楼房里已经获得的舒悦。

黄帝陵，不可言说

正在澜沧江边行走。层层叠叠郁郁苍苍的山峰。黏稠的灰云覆盖着尖锐的和平缓的群山。混浊的江水在峡谷里一路冲溅出千姿百态瞬息万变的水花。缓坡上和河谷坝子里，散落着围墙涂成白色的四方形楼房，这是我见过的最为雄壮高大的藏族民居了。房屋周围的田野上，变成黑色的晾晒青稞的木架斜立在刚刚吐穗的青稞地里。耳边活跃着藏族男女无处不在的舞蹈的踢踏声，萦绕着交混着纳西族优雅悠扬的古乐。

在这种陌生的大自然里的沉醉是极其自然的，也是无以名状的。沉醉里，突然接到诗人耿翔的电话，约我写一篇关于黄帝的短文。我不由得沉吟一声，那个青砖围垒黄土堆积的陵冢，从青山、峡谷、青稞穗和舞蹈乐曲里浮现出来。哦！老祖宗。

记不清多少回拜谒过黄帝陵了。头一次在我年轻时，默默地围着那个枯草和积雪覆盖着的黄土冢走了一圈，竟然获得了一种绝少能有的平静、沉稳的心境。那个时候在我生存的全部空间里，喧嚣着"文革"势到末途的挣扎却也更显疯狂的声音。连厕所和炕头都刷着虚妄标语的生存空间里，只有在整个民族的老祖宗的土冢前，我获得了作为一个大活人的正常的心境。

我和家人亲戚拜谒过黄帝陵，烧一炷香，再围着那个已经修葺完整的土冢走过一圈，依然获得的是宁静和沉稳的心境。

我陪着外省和海外华裔作家朋友每一次拜谒黄帝陵的时候，都要围着那个已不陌生的黄土冢走过一圈，获得宁静和沉稳。几十年过去，我对老祖宗的拜谒就固定为围绕土冢走过一圈这种形式，至今也没有写过一篇关于黄帝的文字。

在我的全部感觉里，几十年来多次拜谒的过程和拜谒之后，都没有产生企图表述的欲望。我现在才弄明白自己何以会如此，在于这位老祖宗是无法言说的，或者说在我是难以找到表述的语汇的。

我观瞻过秦、汉、唐、明、清五大王朝几十位皇帝的陵墓，也是至今没有写过一篇短文。然而，没有写仅仅是我不想再说那些陈年旧事。尽管我确凿在他们或倚山或掘地或打开或依旧死封的巨大建筑面前，想到他们堪称不朽的功业和不可掩抹的巨大罪孽时感慨多多。

然而，无论千古第一帝无论汉皇唐王明陵清陵里的帝王，都是可以言说的。没有一个使我产生如在黄帝陵前那种不可言说的感觉，自然也没有任何一个帝王能使我产生那种沉稳和宁静的心境。

我还是想脱开史家的评断而以自家的感受来说这种纯粹属于个人的感觉上的差异，大约就出在同一个读音的皇与黄的本质性的属性上，皇是一种象征，黄却是另一种象征；皇在我的头顶需仰视需顺从需接受"皇叫你死你不得不死"的律令，黄则与我同在黄土地上可以平视可以和他比一比谁的皮肤更接近黄土的色泽……

于是，许多千年之后的我，在围着他的小小的黄土冢转过一圈又走过一圈的时候，获得的是宁静和沉稳。

于是，我在一次又一次拜谒这位可以称为老祖宗的陵墓时，总是感到不可言说。

于是，我在注目那个翠柏重荫下的黄土冢时，似乎感知到每一抷黄土每一片草叶浸涸到胸膛里的神圣的灵光，同时也自觉地接受先祖灵光的洗礼，更有透见灵魂的审视和拷问……不肖也否？

麦饭

按照当今已经注意营养分析的人们的观点，麦饭是属于真正的绿色食物。

我自小就有幸享用这种绿色食物。不过不是具备科学的超前消费的意识，恰恰是贫穷导致的以野菜代粮食的饱腹本能。

早春里，山坡背阴处的积雪尚未褪尽消去，向阳坡地上的苜蓿已经从地皮上努出嫩芽来。我掐苜蓿，常和同龄的男女孩子结伙，从山坡上的这一块苜蓿地奔到另一块苜蓿地，这是幼年记忆里最愉快的劳动。

苜蓿芽儿用水淘了，拌上面粉，揉、搅、搓、抖均匀，摊在木屉上，放在锅里蒸熟。出锅后，用熟油拌了，便用碗盛着，整碗整碗地吃，拌着一碗玉米糁子熬煮的稀饭，可以省下一个两个馍来。母亲似乎从我有记忆能力时就擅

长麦饭技艺。她做得从容不迫，干、湿、软、硬总是恰到好处。我最关心的是，拌到苜蓿里的面粉是麦子面儿还是玉米面儿。麦子面儿俗称白面儿，拌就的麦饭软绵可口，玉米面拌成的麦饭就相去甚远了。母亲往往会说，白面断顿了，得用玉米面儿拌，你甭不高兴，我会多浇点熟油。我从解知人言便开始习惯粗食淡饭，从来不敢也不会有奢望寄予；从来不会要吃什么或想吃什么，而是习惯于母亲做什么就吃什么，没有道理也没有解释，贫穷造就的吃食的贫乏和单调是不容选择或挑剔的，也不宽容娇气和任性。

麦子面拌就的头茬儿苜蓿蒸成的麦饭，再拌进熟油，那种绵长的香味记忆是无法泯灭的。

按照家乡的风俗禁忌，清明是掐摘苜蓿的终结之日。清明之前，任何人家种植的苜蓿，尽可以由人去掐去摘，主人均是一种宽容和大度。清明一过，便不能再去任可人家的苜蓿地采掐了，苜蓿要作为饲草生长了。

苜蓿之后，我们便盼着槐花，山坡和场边的槐花放白的时候，我便用早已备齐的木钩挑着竹笼去采挀槐花了。

槐花开放的时候，村巷屋院都是香气充溢着。

槐花蒸成的麦饭，另有一番香味，似乎比苜蓿麦饭更可口。这个季节往往很短暂，家家男女端到街巷里来的饭碗里，多是槐花麦饭。

按照今天已经开始青睐绿色食品的先行者们的现代营养意识，我便可以耍一把阿Q式的骄傲，我们祖宗比你阔多了，他们早早都以苜蓿槐花为食了。

到了难忘的六十年代，被史称"三年困难"的六十年代初，家乡的原坡和河川里一切不含毒汁的野菜和野草，包括某些树叶，统统都被大人小孩挖、掐、拔、摘、捋回家去，拌以少许面粉或麸皮，蒸了，食了，已经无油可拌。这样的麦饭已成为主食，成为填充肚腹的坐庄食物。男人女人老人小孩都别无选择，漂亮的脸蛋儿和丑陋的黑脸也无法挑剔，都只能赖此物充饥，延续生命。老人脸黄了肿了，年轻人也黄了肿了，小孩子黄了肿了，漂亮的脸蛋儿黄了肿了时尤为令人叹惋。看来，这种纯粹以绿色野菜野草为食物的实践，却显示出残酷的结果，提醒今天那些以绿色食物为时尚为时髦的先生太太们切勿矫枉过正，以免损害贵体。

近日和朋友到西安大雁塔下的一家陕北风味饭馆就餐，一道"洋芋叉叉"的菜令人费解。吃了一口便尝出味来，便大胆探问，可是洋芋麦饭？延安籍的女老板笑答，对。关中叫麦饭，陕北叫洋芋叉叉。把洋芋擦成丝，拌以上等白面，蒸熟，拌油，仍然沿袭民间如我母亲一样的农家主妇的操作规程。陕北盛产洋芋，用洋芋做成麦饭，原也是以菜代粮，变换一种花样，和关中的麦饭无本质差别。不过，现在由服务生用瓷盘端到餐桌上来的洋芋叉叉或者说洋芋麦饭，却是一道菜，一种商品，一种卖价不小的绿色食品，城里人乐于掏腰包并赞赏不绝的超前保健食品了。

家乡的原野上，苜蓿种植已经大大减少。已经稀罕的苜蓿地，不容许任何人涉足动手掐采。传统的乡俗已经断止。主人一茬儿接着一茬儿掐采下苜蓿芽来，用袋装了，用车载了，送到城里的蔬菜市场，卖一把好钱。乡俗断止了，日子好过了，这是现代生活法则。

母亲的苜蓿麦饭槐花麦饭已经成为遥远而温馨的记忆。

寓言两则

老母鸡和小公鸡的故事

一只老母鸡在一堆垃圾里刨食。这自然是乡村里的垃圾堆而不是城市里的垃圾筒。老母鸡刨得专心致志全身心投入，不时有所收获，一颗谷粒麦粒一片菜叶菜根，甚或一条肥嫩的蛆虫，她每遇此等美事便情不自禁地咕咕咕吟唱起来。

她突然刨出来一只蛋壳。这只蛋壳顶部有个圆洞，其余部分都十分完整，虽然表皮上沾着灰屑和泥痕，仍然可以辨别出原来的黄色。老母鸡正想啄食蛋壳，猛然间觉得眼熟，似曾相识，终于确认出这只蛋壳是她在春天孵育过鸡雏的一只空壳，便停止了企图啄食的欲望，而且思绪浮动起来，这毕竟是她翅膀和肚皮温暖过整整二十一个日日夜夜的一只蛋壳。

这只黄色蛋壳育出过一只小公鸡。她清楚地记得这只小公鸡是第一个啄破蛋壳出世的，红褐色的绒毛，而且一直是那一群姊妹兄弟中最健壮也最好强的一个。他已经出脱为一只健美漂亮的血冠如帜的红公鸡了。老母鸡扬头四顾，想找到儿子，让他来看看曾经养育过他的这只了不起的蛋壳。

红公鸡正在不远处的一个柴禾垛子上引颈啼鸣，向人们报告午时已到的时辰。阳光灿烂，暑热如灸。他刚刚学会叫鸣啼唱，声音还不雄浑，还不嘹亮，还不大自如自然，甚至有些引人发笑的稚声奶气，然而他依然站立在柴禾垛子上，或是跳上树枝，或是跃上农家围墙，毫不羞怯地朝着太阳啼鸣高唱……老母鸡拍打着翅膀呼叫自己的儿子。

红公鸡跳下棉花秆儿垛子，飞跑着来到母鸡刨食的垃圾堆上。

"亲爱的大儿子，你认识它吗！"

"一只蛋壳嘛！"

"瞧你轻淡的口气儿——'一只蛋壳嘛'！你仔细瞧瞧——"

"我再看一百遍也还是一只普普通通的蛋壳。你说吧妈妈，它有什么好贵重的？"

"它是你出生的那只蛋壳!"

"哦——是吗?让我好好瞧瞧……"

老母鸡便情不自禁地向儿子叙说这只蛋壳的全部美妙:"那时候你睡在这只蛋壳里,我用翅膀把你抱在肚子底下,不论外头刮风、下雨、闪电、打雷,不论白天黑夜,你都不用担心受冷受冻,也不担惊受怕,更不用担心老鼠和狗猫伤害你……"

红公鸡感恩戴德地说:"不敢忘妈妈养育之恩。"

老母鸡说:"孩子,你那次偷吃人家晾晒的包谷,差点给主人一鞭子抽死;有一晚鼠狼子钻过窝里叼走了你三弟,你吓得大病一场;前天那场暴风骤雨,差点儿把你拍死了……这世界时时处处充满凶险!"

红公鸡说:"是的,凶险不少。"

老母鸡说:"孩子,你还是回到这个蛋壳里头去,那里头又安全又温馨。"

红公鸡瞅着蛋壳愣住了。

老母鸡说:"在你们兄弟姊妹伙里,我最喜欢你了,总怕你有个三长两短灾祸闪失。"

红公鸡瞅着那只被污泥烂物沾染得脏兮兮的蛋壳说:"危险确实不少,但这世界还是美好的。我受不了壳子里那种永久的黑暗。"

老母鸡嗔怪："黑暗怕什么？只要你安全。再说你过去不是一直就在那里头吗？"

红公鸡说："我在那个壳子里头没见过阳光没见过绿草没见过春风鲜花倒也罢了，现在见到了光明和鲜花就再也无法忍受黑暗了。"

老母鸡依然苦苦规劝："孩子，妈为你安全为你好……"

"好吧妈妈，我来试试。"红公鸡跷起一只爪子伸向蛋壳，蛋壳顷刻便粉碎了。他对妈妈说："你看，它连我的一只脚也盛不下啰！"

老母鸡无奈地摆摆脑袋。

红公鸡却信心十足地宽慰母亲："放心吧妈妈。退回蔽护我的黑暗的壳子是不可能的了，暴风雨和狐狸猛兽还会有，光明的阳光永恒。我小心着点就是了。"

关于人脸的争论

这个人很不幸，出生时先天失明双眼都是瞎子，而且害过一场天花，落下一脸麻坑儿。再没有这么厉害的麻脸了，大麻坑摞着小麻坑儿，小麻坑套结着大麻坑儿，整个面部几乎没有指甲盖儿大一块儿光滑平整的皮肤，一脸都是层层叠叠大大小小的麻坑儿麻花儿麻点儿麻兄麻弟麻姊麻妹儿。

他很不幸，却很聪慧机敏，尤其对音乐具有出神入化的敏感，任何外界传来的曲子只需听到一次，他便能用口哨吹得惟妙惟肖。他的父亲便给他买来一把胡琴。他的手指更具音乐天赋，无师自通便把一把胡琴拉得如丝如扣。他的手指细腻如葱白儿，许是生来就没有接触过任何粗糙的劳动工具的磨硕，手指十分灵巧也十分敏锐。他除了摸二胡的弦常就是摸自己的手脸，自从有记忆能力的年岁起，他没有摸过别人的脸，当然也无法看见旁人的脸，他在拉胡琴拉得双手酸麻时就搓一搓手指，再搓搓自己的脸颊，那脸上波浪起伏，搓摸起来也挺舒服。

他拉胡琴出了名，到一家县剧团去当头把二胡演奏师，因而收入可观，因而被一位挺漂亮的姑娘所钟情，自然而然结了婚。

新婚头一夜，他怀着激动不安的爱心伸手摸了摸新媳妇的脸，惊吓得触电似地跳起来又翻跌到床下，哆嗦成一团。

媳妇正进入羞怯的柔情蜜意之中，以为他有什么毛病，连忙扶他上床，问："你怎么了？"

他不说话，伸手又去摸了一把媳妇的脸，又惊恐地抽回手差点跌倒。媳妇这回有了准备，双手扶住了他："亲爱的，你到底怎么了？"

他惊惊咋咋地说："你是个……怪物！"

媳妇莫名其妙："我……怪物？我怎么是个怪物了？你摸到了什么了？"

他说："你长的不是一张人脸！"

媳妇气红了脸追问："我怎么不是人脸呢？"

他振振有词："人的脸就像我的脸，坑坑洼洼的大坑连着小坑小坑套着大坑，我摸了我的脸二十年有余，难道还会有错吗？你的脸竟然平整整光溜溜的。光溜溜平整整的脸怎么能算人脸呢？"

媳妇顿然明白了原委。她想给他解释，光溜溜平整整的脸是人脸，有麻坑的脸也是人脸；平的光的脸是绝大多数人的脸，有麻坑的脸只是极少数人的脸；在基本消灭了天花的当今，麻坑脸尤其少见。她后来没有作任何解释，反倒是怕伤害了他的自信，尽管这种自信是偏见是狭隘；悲哀在于他根本无法了知博大纷彩的世界，一旦戳破他的那种偏狭的自信，他可能会陷入一种心理灾难。

他依然咄咄逼人："我敢拿脑袋作赌，你的脸绝对不是一张人脸！"

她宽厚地笑笑说："我要是有法力让你睁开眼睛就好了。"

他更强硬地说："我不用睁眼也敢断定你长的不是人脸。"

她只好沉默缄言。

半坡猜想

在陕西远至黄帝陵，近到最后一家乡试考场的无以数计的历史遗存景观中，母系氏族公社时期的一个完整的村落——半坡遗址，有意与无意间却是我观赏留恋最多的一处。这纯粹出于一种故乡情结。我的生身之地在白鹿原北坡下的灞河岸边。半坡村落遗址在白鹿原西坡下河岸边的二级台地上。两个村庄之间的距离不过十公里。绕着白鹿原北坡和西坡的灞河和浐河，在古人迎客的欢声笑语和折柳送别的情殇层层叠叠发生的灞河桥下汇合，投入广阔深沉的渭水。任何时候路过半坡，瞥见那个圆顶无柱的标志性建筑，眼前就浮现出六千年前那个村落里的清晰的格局，圆形或方形的泥墙草顶房屋，屋里的火塘和土炕，那造型精美的陶罐、陶瓶、陶盆、陶壶和陶钵等，还有那野生务育而成的粟，那开创人类乐声的埙，那至今令人百思不得其确切意指的人面鱼纹图画……几十年来，半坡遗址在我心中都是一种梦幻般的景象。

我第一次踏进半坡先民生活过的遗址，是一九五五年秋天。我刚刚十三岁，到西安上中学，周六回家背馍路过半坡，我和同学到正在发掘的遗址，年老的和年轻的考古工作者蹲在大土坑里，用小铲和小毛刷在小心翼翼地剔除土屑。我连粗通的历史知识都没有，只有新鲜和稀奇，几乎再没有什么价值意义的理解，以及遥远到不可思议的梦幻般的迷茫。

这种梦幻般的迷茫一直延续到现在。尽管我对人类进化的历史普及到一些常识，尽管我记不清多少次听专家讲述半坡人的生存形态和创造性劳动，这种梦幻般的迷茫不仅没有透彻清晰出来，反倒陷入愈来愈富于想象空间的梦幻般的迷茫和诗性的迷离了。水流清澈而丰沛的浐河两岸，丛林修竹野草茂盛，虎、狼、豹子、山猪、狐狸、獐子、野兔和鹿自由其间，天空是各类鸟的领空，河里是鱼蟹的领地，半坡先民生活在这样的自由王国里，那位统领着他们的伟大女性当是怎样的姿容。下河捕鱼上原狩猎，每有重要捕获，该是怎样一种狂欢和喜悦。他们围着火塘烧烤新鲜兽肉的香气儿肯定弥漫到整个村庄，男女老少会是怎样一种欢乐融融。

我总是想着永远也不得谜解的谜。是那个男性或女性在野草丛中发现了可以作为吃食的野生谷物，又如何把它引种成功，又是如们发现了将粟煮为熟食的密窍？神农氏就诞生在这样的村落里，这个氏族的子孙至今依然顶礼膜拜。是哪一位伟大的天才创造出第一件陶器，使人类的生存状态进入一个空前文明的阶段。那个不知名的绘出"人面鱼纹"图画的人，当是人类最早涌现的天才美术大师，其构图里展示的丰富的想象，令今天的现代派艺术家们也叹为观止，亦令今天的现代人仅仅只能做出猜想式的种种判断，诸如氏族图腾生殖崇拜等等，比哥德巴赫猜想还要费解。那只埙或曰陶哨，无疑是人类创造的第一件乐器，捏成这乐器的那位先民，当是人类第一位音乐天才演奏大师，人类从此有了愉悦自己的音乐和乐器。六千年后的当今，中国演奏家用这种陶哨吹出的曲子，不仅令中国人倾倒，连听惯了洋乐洋曲乃至疯狂摇滚的美国人也发出了欢呼。可以想到，从半坡人手里创造的陶哨和由半坡人心灵世界流淌出的音符和六千年后的中国人和美国人完成了交融和沟通，几乎没有时空的阻隔和民族习性的障碍，我更感动音乐的无形的伟力，更感佩制造陶哨和吹出第一声乐器的半坡村诞生的那位音乐天才。他肯定不会想到捏成的陶哨会产生如今人评说的价值和意义。他大概只是对音响尤为敏感的一个普通村民和大酋，照样打猎、照样种谷或者制陶，他独有的一根敏感音符的神经促使他创作陶哨。在他原有的意识里，也许只是一种兴趣，一种试验，一种新奇促使着的好玩的行为。然而，却成就了人类第一件乐器的诞生。

面对那个装殓幼童的瓮棺盖上的圆孔，每一次我都抑止不住心的悸颤。这个装着幼童的瓮棺没有进入成年人的墓葬区，而是埋在住宅区的房屋旁边。据考证说是幼童需要得到母亲的继续守护，或者说纯粹是母亲割舍不开对幼童小生命的骨肉情感，显然是现代人依着常情常理的一种推想。唯有那棺盖上专意留下的小圆孔，令人更多了推测和猜想，据说是给幼童的灵魂留下的出入的途径。我愿意相信这种判断，在于这个圆孔打开了阳世与阴界的隔障，给一个幼稚的灵魂自由出入自由飞翔的途径，可见半坡人的温情。人类后来文明愈发展，反倒是对人鬼两界禁锢愈厉害，无论皇帝的豪华墓冢里的石棺，抑或平民的木板棺材，都是唯恐禁闭不严而通风透气的。

浐河边上的半坡人，距离灞河边上的蓝田猿人不过五十多公里的路程，却走了整整一百一十五万年，我简直不敢想象人类进化史这个漫长的时间概念。在半坡遗址的村落上漫步，我就感觉到很近很近了。在我的家屋不到二里远的华胥镇上，今年农历二月二日举行过华胥氏的祭祀仪式。华胥氏踩踏巨人足印而受孕，生伏羲和女娲。女娲抟土造人，炼石补天。华胥氏和她的女儿女娲，是我们的始祖。这在史籍记载里，也仍然是神话传说。华胥氏家所在的华胥镇，距半坡遗址不过十公里。华胥氏和她的女儿女娲，当是在无以数计的类似半坡村落里的女性首领的基础上，后人创造的神话。

那是一个最适宜用神话表述的时期。我的家乡有活生生的半坡人遗存，又张扬着一个民族诞生的神话，这是浐河、灞河。